震后少儿成长手记

废墟上的"小太阳"

向思宇 罗鸿 著

四川文艺出版社

图书在版编目（CIP）数据

废墟上的"小太阳"/向思宇 罗鸿 著.—成都：
四川文艺出版社, 2018.4
ISBN 978-7-5411-5057-9

Ⅰ.①废… Ⅱ.①向… Ⅲ.①报告文学—中国—当代
Ⅳ.①I25

中国版本图书馆CIP数据核字（2018）第063211号

FEIXU SHANG DE XIAOTAIYANG ZHENHOU SHAOER CHENGZHANG SHOUJI
废墟上的"小太阳"——震后少儿成长手记

向思宇 罗鸿 著

策划组稿	胡 焰 朱 兰
责任编辑	朱 兰 蔡 曦
封面设计	叶 茂
内文设计	史小燕
责任校对	蓝 海
责任印制	唐 茵

出版发行	四川文艺出版社（成都市槐树街2号）
网 址	www.scwys.com
电 话	028-86259287（发行部） 028-86259303（编辑部）
传 真	028-86259306
邮购地址	成都市槐树街2号四川文艺出版社邮购部 610031
排 版	四川胜翔数码印务设计有限公司
印 刷	四川华龙印务有限公司
成品尺寸	168mm×238mm 1/16
印 张	11.5 字 数 160千
版 次	2018年5月第一版 印 次 2018年5月第一次印刷
书 号	ISBN 978-7-5411-5057-9
定 价	38.00元

版权所有·侵权必究。如有质量问题，请与出版社联系更换。028-86259301

目 录

篇一　YY型家庭

（上）绵阳北川 002
第一章　不期而至降临的孩子 003
第二章　儿哪，你就是妈妈的亲生儿 011

（中）德阳红白 018
红白镇上的小院人家 019

（下）汶川映秀 028
第一章　映秀街上，丁字路口小超市 029
第二章　小镇缝补人家 039

篇二　XX型家庭

第一章　羌族妈妈与她的孩子 048
第二章　类似爷孙辈的父女 059
第三章　"谢"老板与做试管婴儿的妻子 067
第四章　灾难夺走的，老天给还了回来 075
第五章　针对性"撒谎"的妈妈与两个犯傻的孩子 087

篇三　XY型家庭

第一章　让孩子的成长不再孤独 ... 098
第二章　瞧，嘉绒客栈这一家子 ... 104

篇四　YX型家庭

长大了要当保姆的女孩 ... 114

篇五　罗汉寺的罗汉娃

第一章　衲子，不一般的百衲衣 ... 122
第二章　"先天不足"的肖子轩 ... 129
第三章　比相貌更美的是陪伴 ... 138
第四章　什邡有个罗文松 ... 148

外篇一　困惑·尴尬

困惑的北川 ... 158
尴尬的映秀 ... 162

外篇二　"所见略同"的家长

比再生育更难的是再教育 ... 168
闪亮学校校长 ... 172

  震后重组再生育家庭大体可分为XX型、XY型、YX型和YY型四类。

  XX型,是指男女双方在地震中均丧偶失独,然后重组再生的孩子家庭。X表示矛盾交叉集中于一点,这个点便是再生育的孩子。

  XY型,其中的X指男方丧偶失独,Y指初婚女方。

  YX型,Y指初婚男方,X则指丧偶失独的女方。

  YY型则是男女双方属于原配,子女在地震中遇难后再生(领养)的家庭。

  北川羌族自治县老龄工作委员会主任贾德春,根据遗传学观点,将"5·12"大地震后重组再生育家庭进行了分类。

——采访手记

篇一　YY型家庭

（上）绵阳北川

又来北川了。

这是距"5·12"汶川地震九年之后再次进北川。记不得进北川的准确次数了，但清楚地记得，"5·12"地震发生后第二年，为采写报告文学《筑巢》我在一个多月内连续六次进入北川。事隔八年之后，重新踏上这片曾经满目疮痍、而今却焕然一新的土地：眼前整个一新北川！建址是新的，房屋是新的，连河流也是新的——不再是湔江，而是安昌河。笔直宽敞的道路，道路两旁站立着迎风摇曳的行道树；富丽堂皇的各家银行；夺人眼球的羌族文化旅游景点……最耀眼的亮点则要数融大英（英国）图书馆风格和羌族民俗特点于一体修建而成，获得国家一级图书馆（区县级）荣誉的北川图书馆和与此相邻的北川羌族民俗博物馆。

对，就是图书馆，原北川县图书馆馆长、县作协秘书长李春约我在这儿见面，对约好的受访对象进行采访。

第一章 不期而至降临的孩子

> 周弟芬说给儿子报了他喜欢的绘画兴趣班,但儿子不去,问为啥不去他也不说。我替母亲问面前的儿子。小弟弟告诉爷爷,你为什么不去呢?他看我一眼,又看旁边的妈妈,然后低了头,小声说道:"怕花钱。"
>
> ——采访手记

刚醒来不久的新北川,清晨的天空显得格外清朗。空气中混合着露水的湿润和树木的清香。歇息了一晚的街道两旁的行道树显得倍儿精神。摩托车轮碾压在柏油路面上发出好听的"咻溜"声。一路上,行人稀少;车过十字路口,挂在那儿的红绿灯显出少有的慵懒。那忽闪着的半亮的灯光,像是没有睡好觉的夜猫子眼睛,好在早晨的车辆不多,片刻的慵懒和半亮的灯光对早晨县城的交通倒也无大碍。绕城流淌的安昌河,伴随我们一程之后,在通往图书馆的小桥这头停了下来,在哗哗声中与我们"话别"而去。

"就是这儿了,"北川老龄工作委员会办公室主任贾德春手指前面,"那儿就是图书馆,你采访完了给我打电话。"

告别贾德春,我径直往几步开外的图书馆走去。远远的,图书馆门口那儿站着一个头不高的中年女人,那是李春,为我约好了访谈对象的原北川图书馆馆长。相互招呼后,我随李春进了阅览室。

在阅览室坐下不一会儿,窗外下起了小雨,淅沥的雨声愈发衬托出阅览室里的静谧与安宁。清晨阅读的人不多,一对母子坐那儿看书尤其引人注目,孩子大约六七岁,在专注地看着一本动物图案的画册,母亲面前也放着书,但她几乎没有看,只是慈爱地看着孩子,目光温馨而充满爱意。

李春跟我说,母子俩每周日都会早早地来到图书馆,母亲是来陪孩子的。

"噢。"我打量着这对母子。

"是这样,"李春看着我,"我在图书馆门口碰到她,问她们那儿有'5·12'地震后再生育的孩子没有?她说她就是。我说那好你跟我来,这儿有个作家要采访你。"

"噢?"我喜出望外之余也有点担忧:但愿这一个能讲出些有特点的东西,不像事前约谈的一个基本上没能说出有价值的东西。我看着面前的中年女人:"你叫什么名字?"

"周弟芬。"中年女人说。

"呃,这样吧——"我看着周弟芬,"你就讲你怎样怀上这个娃儿,娃儿出生后你怎样带他和教育他。嗯,想到哪儿就讲到哪儿,拉拉杂杂就可以了。"

周弟芬眼睛一亮:"就这样讲噢?"

"就这样讲。"

"我叫周弟芬,今年46岁,北川漩坪人。我们母子俩来北川新县城居住已经五年了。"

现在,孩子上小学二年级,一天三餐在家里吃,当妈的每天去接送。除了在家里打扫卫生,洗衣做饭外,周弟芬还去小区周边的空地上栽种了几类小菜,每天去地里侍弄一会儿。在地里劳动时,她会密切注意时间的变化,什么时候该做饭,什么时候去接孩子。周弟芬把家里、地里、学校

向思宇在新北川图书馆采访周日带孩子来看书的母亲周弟芬和她的孩子

连成了一条线，这条线的中心便是孩子。这是一个来之不易的孩子，虽然他的不期而至曾经令周弟芬焦虑和担忧，但当他降临人世后，周弟芬就全心全意地扑在了孩子身上。

这是一个地震后重生的孩子，原来的孩子遇难时正上初二，学习自觉性很强，成绩非常优秀，每期都被评为"三好学生"。原本在漩坪老家上学，周弟芬夫妇希望孩子能接受更好的教育，2008年初，他们把孩子转学到北川老县城。姐姐在那里开了铺子，正好可以托付给照管孩子。夫妇俩则去了山东青岛打工，他们想多挣钱，以便今后供孩子上大学。

5月12日当天，他们从电视里知道了地震，北川老县城垮塌的消息让周弟芬心里一下子冰凉！想到孩子所在的学校在山脚下，她忍不住哭了，这大灾难里幸存下来的可能性几乎没有啊。

他们打工的厂里，有很多四川人，大家忧心忡忡，不知所措。

山东老板是个好心肠的人，他主动包了一辆大巴车，在车上备了几大箱方便面和矿泉水，反复叮嘱司机一定要把四五十个四川民工全部送回家。临行的时候，他还给每位返乡者发了几百块钱，说是带着钱回去好办事一些。看着豪爽的山东老板，周弟芬和几位女职工都感动得流泪了，车厢里一片唏嘘声。

车窗外，好心的山东老板眼含热泪，朝大家挥着手，祝福他们"一路平安"！

"谢谢老板！谢谢！"

"二天到我们四川来耍！"

"来绵阳耍！"

车内车外一片感动。

感动声中，司机左脚踏下离合器踏板，右手将变速杆挂入低挡，汽车朝前慢慢开出。

车里的一车四川民工焦灼的心情却似离弦的利箭，早已抢在徐徐发动的汽车前面，"嗖"的一声发射了出去。

任是再焦灼，从山东青岛到绵阳，一千八百公里的路程，自驾车也得两天一夜，大巴车就更慢一些。

紧赶慢赶，他们十五号赶到了北川，但儿子已经遇难了！沉重的打击令周弟芬瘫软在地上，泪如雨下。

"牵肠挂肚的儿子啊，你去得太匆忙！"

这该死的地震！这不开眼的老天爷！

当时老县城里十分危险，不允许进入，受灾群众被安置在绵阳九洲体育馆。体育馆内愁云惨淡，一片凄凉。夫妻俩在九洲体院馆待了几天后，回了一趟漩坪老家。

一路上，余震不断，山体滑坡，到处有滚动的巨石落下，每一步都走得胆战心惊。

家里的各种物件被震得七零八落，打碎的物品遍地都是。好在有政府派专人把米和面等食品运送到乡下，分到各家各户。

周弟芬咽不下任何食物，晚上想起孩子，夜不成寐。夫妻俩相拥而泣，悲痛欲绝。

七月份，他们再次外出打工。这次去外面打工，主要目的已经不是为了挣钱，只是想着，走出去躲得远远的，不看见与地震有关的事物，心里会好受一点。这一次，他们去了陕西榆林市的一个小乡镇，在镇上的一家砖厂干活，用劳累疲乏去占据每一天漫长的时间。

这家砖厂离城区很远，但每天会有一趟往返城区的面包车，砖厂的职工可以坐车进城办事。

七月份的陕西，毒辣的太阳光灼烤着砖厂，仿佛要晒干一切。正在干活的周弟芬顾不上早已被汗水浸得透湿的衣衫，忽然弯腰低头呕吐起来。丈夫担心她中暑了，她却觉得自己是有孩子了。他们去城区的医院检查，果然怀孕了。按理说，这是天大的好消息啊，但她感到非常不安。她担心自己长时间处于巨大的悲伤之中，奔波劳累，没吃好没睡好，这个不期而至的孩子能健康吗？万一出现畸形、脑瘫……她不敢细想下去。

夫妻俩商量了一下，觉得还是应该回老家漩坪去。山上的房子砖木结构，稍微翻盖一下还可以住，那里毕竟是自己的家，待在家里总比外面方便些。

回到老家后，她跟姐姐倾诉，说着自己的疑虑和惶恐，姐姐安慰她，一切还是要顺其自然。丈夫也不断宽慰她。

那时候，在老家的山上住着，到外面去，要翻山越岭，要走七八个小时的山路。从漩坪到北川需要乘船，每天只有一趟，一旦赶掉了，就得等到第二天。地震后要办各种手续，他们每个月至少要往返北川三四次，天没亮就要出发。买什么东西都要走很远的路，水果也没得吃，面对这种情况，周弟芬又有了新的不安，怕孩子营养不良。

直到第二年春天，孩子出生了，身体健康，周弟芬才松了口气。为了这个孩子，真没少吃苦啊，可是，有了孩子，就有了最大的幸福，哪里还怕吃苦呢。夫妇俩搂着孩子，百看不厌，多乖的孩子啊，白白胖胖的，健健康康的，小黑豆似的眼睛瞅着父母，像有千言万语。这幸福感终于把周弟芬心头的阴霾给赶走了。

他们请人给孩子起名字，那人翻阅了书籍，说他缺木缺水，就根据笔画和意思取了"李柊沄"。这确实是个稀有的名字，每次都有人问，怎么写的？甚至让派出所户籍科的人都感觉意外，太偏了。但夫妇俩对这个名字却很满意，他们觉得要缺什么宁可自己缺，但孩子可千万别缺了。

小柊沄出生以后，一直是周弟芬带着，她没有再去打工，就一门心思陪着他，小心谨慎地呵护他成长。

李柊沄到了上幼儿园的年纪，周弟芬在新北川租了弟弟的房子，屋里没有什么家具，但电器总得有，就自己掏钱置办了部分电器。为了让李柊沄受到更好的教育，她才选择了绵阳。她当然知道，住在城里成本高，用乡下人的话说"住在青石板上"，什么都没有，什么都得花钱。而现在他们一家三口，所有的生活来源，全靠丈夫在广东打工的所得收入，每月仅有三千块，这三千块钱，除了日常的生活花费，要支付孩子的各种开销，要付水电费，物管费，确实很艰难。她瞅着附近有很多空地，趁着还没有开发使用，便自己开辟出来，种上小菜，够娘儿俩吃，也送一点给姐姐和弟弟，还能卖一点补贴家用。为了孩子，周弟芬觉得自己吃点苦不算什么，吃撇点穿撇（方言：孬的意思）点不算啥，只要孩子能受到好的教育，她也就开心了。

今年秋天开学，李柊沄就上小学三年级了，每年都被评为"好儿童"——班里五十六名学生，只评四名。孩子没有辜负父母的期望，周弟芬感到很欣慰。

若是在老家，孩子得住校，学校离家很远，得请人用摩托车接送，周日下午去，周五返回，要120元。一个学期下来，就得480元。有乡邻包了面包车接送孩子，每学期要六七百元。花钱是一方面，更重要的是，周弟芬担心安全问题，那么陡的山坡哦，她不敢想象。她宁可在城里陪着孩子，让他接受好的教育，每天自己亲自接送才放心。她会骑自行车，但城里车子多，自己反应不够快，怕出事，于是宁可走路，只是每天早一点出门。

李柊沄周六在家做作业，周日和妈妈一起到图书馆看书。他喜欢动物一类的书籍，自己照着画，画得很生动。

周弟芬想把李柊沄送到少年宫学画画，但孩子坚持不去，说自己在家里画就行。每次说到交学费让李柊沄读美术培训班，孩子就固执地说："你交了钱我也不去。"周弟芬感到无可奈何，只好作罢。

我很纳闷："他既然喜欢画画，为什么又并不愿意去少年宫呢？你叫他过来，我问问他。"孩子在一书架旁找书，母亲过去给他说了几句话，他跟着过来了，脸上挂着腼腆的笑容。

我抚摩着柊沄的脑袋："想爸爸吗？"

"不想。"

"噢，为什么呀？"

"爸爸每天都打电话。"

"你为什么不去画画呢？"

这次，李柊沄停顿了一会儿，看我一眼，又看旁边的妈妈，然后低了头，小声说道："怕花钱。"

真是个懂事的孩子！"穷人的孩子早当家"，小小年龄就已经懂得父母挣钱的艰辛，真乖。

2017年清明节，周弟芬带孩子一起回了漩坪老家。老家山上，种的有茶树，那是能卖到七十块钱一斤的高山茶。周弟芬采茶，孩子也跟在一旁学。晌午的阳光洒下来，低矮的茶树不能遮阴，李柊沄焦灼的目光看看四周，跟妈妈说："太阳好晒哦。"

周弟芬听了,嘴角不经意地掠过一丝笑容:知道晒就知道当农民的辛苦了。她对李柽沄说:"你知道太阳晒啊,农民可是经常背着太阳干活的呢!要想不晒太阳,就得好好学习!"李柽沄点点头,开始继续采茶。

一天下来,李柽沄采来的茶可以卖上二十多块钱。但这钱周弟芬不给孩子,她告诉他:你采茶卖的钱和你的压岁钱,放我这儿一起给存着,用来买学习用品和课外书。虽然钱拿不到手,但辛苦一天可以挣二十多块钱,李柽沄还是很高兴的,毕竟是自己劳动所获嘛。

从漩坪回新北川,坐船过了河,还有一段路程,周弟芬为了节省钱,常常选择走路。李柽沄走着走着,走不动了,就说:"我们可以乘车吗?"

周弟芬耐心地告诉他:"没有多远,走一个多小时就到了,走路既可以锻炼,还能省钱。"妈妈这么一说,李柽沄便不再说什么了。母子俩在路边坐着歇息,不一会儿,妈妈站起身来跟孩子说,你再坐一会儿,我先走,你后头来撵我。李柽沄答应着,看着妈妈朝前面走去。很快,妈妈走远的背影越来越小,孩子只得起身,朝着走远的妈妈撵去。

李柽沄知道有个哥哥。

周弟芬在他懂事以后,曾经告诉过他:"哥哥在北川遇难了,你要懂事,要听话。"李柽沄有时候听妈妈说起哥哥的好,也会不服气,他撇嘴道:"哥哥什么都好,我啥都不好。"周弟芬耐心地劝说道:"所以你要努力啊,要比哥哥做得更好。"

地震发生后那几年,周弟芬每年都带着李柽沄去老县城祭奠,现在却很少去了。她说每去一次就伤心一次,自己伤心都不说了,怕现在这个孩子伤心,伤心多了会影响他的成长。

第二章　儿哪，你就是妈妈的亲生儿

"妈妈我长大后要当官，要挣一火车的钱，让你用都用不完。"

你说什么？可以花钱买到医院出具的孩子出生证明？买这样的证明是为了将来告诉孩子，不要去信人家说你是领养或捡来的。北川有人买了吗？

——采访手记

后来才明白，那天在北川羌族自治县采访，选择在禹龙社区是一个错误，这个错误导致我在整理录音资料时好几次对这份难以辨听的录音失去了固有的耐心——把音量开到最大，耳朵凑近电脑音响，慢慢地仔细地听，听一会儿，停下；回头重听，再停；再重听。反复停，反复听……终于，耐着性子，花费了大半天时间，第二天，又一个半天，疙疙瘩瘩整理出来不到三千字的录音资料。要说也不是选择，我所采写的选题，通常情况下，采访时间和地点我都会请受访者定。这次在禹龙社区采访捡拾婴儿的闻瑛，得益于北川县图书馆馆长李春的牵线。闻瑛便将受访地点安排在了离她家近的禹龙社区。坐在人声嘈杂的社区大厅采访效果实在太差，差得来几乎听不清楚对方说话。这份录音整理出来后，我破天荒地将资料搁置一边，去改弄其他资料——我要将使劲辨听这份录音的坏心情调适过来后再来进行仔细梳理。

"我开始打算领养一个，就是从人家手头抱一个来养。无意之中，捡了一个。属于捡啊，不是领。"说明来意后，四十多岁的闻瑛开门见山地跟我讲起她捡拾婴儿，以及与此相关的故事。

那是地震后第二年，2009年11月份，初冬的一天，在北川医院路边的一个垃圾箱旁的地上，一件破旧衣服包裹着，小脸冻得通红，挂着鼻涕。就在这时，这可怜的孩子突然冲着闻瑛笑了。他居然会冲着她笑？缘分哪！闻瑛在心头对自己说。于是伸出手臂把他从地上给抱了起来。抱起来他还在笑！这笑容在闻瑛看来，既像春天的花儿般绚丽，又似冬日的阳光般温暖。那一刻，四十一岁的闻瑛怀抱着这"绚丽的春花、温暖的冬阳"，心情愉悦脚步轻快地往家走……

突然从外面抱回家来一个孩子，在家闲着的老公忙问怎么回事。待她跟他说清后，先前当警察——十八年的合同民警一直没能转正的老公也没说啥。闻瑛的老公也是个善良人。

这捡来的娃儿在家吵了三天三夜，脑壳都给吵晕了。开始准备给请个保姆，但由于经济不是那么宽裕，就没请。如果放到现在，闻瑛说自己就不会捡了，因为这娃儿身体不好，过敏性哮喘。在北川县中心医院门口捡的，估计是个病儿，那家人生下来就丢在路边了。三岁半前，每年几乎一个多月就要住一次医院，刚开始只认为是感冒咳嗽。住了几次医院，医生让检查，就逐项检查，光检查肺一项就花了一千六百元，检查结果：过敏性哮喘。鼻子也有毛病，叫啥子过敏性鼻炎。医生根据病情叫看中医，打针，吃中药治疗。这捡来的孩子磨人，磨得多了，心情也平复下来，觉得这也是命。再说了，有个娃娃有个奔头，没得娃娃就觉得没有奔头。

要过日子呀，在家闲了一段时间的闻瑛的老公，后来去建筑工地干活。长年在建筑工地打工的老公回家次数少，一年就两三次。寄钱也少，因为他挣得就不多，每月就两三千元，自己还要开销。

没工作的闻瑛跟我说，老公不在家，身边又没有一个娃儿，这日子，那得有多寂寞哦！

在捡这个娃儿前，侄娃子要过继给她，她老公那边亲戚的孩子，叫她姑姑。她没答应。为啥？当时刚刚经历地震不久，失去孩子的伤痛还没有平复。

"等一下，"我打断了闻瑛的讲述，"地震后，你没想过再生育吗？"我观察着她的表情，"是觉得再生育有难度呢，还是，有其他原因？"

"噢，是这样的，"闻瑛没有觉察到我的小心翼翼，"我做过子宫瘤手术。手术前医生告诉我说，做了这个手术就不能再怀孕了。不做呢，又担心日后转成恶性瘤。"当然，去国外，西方发达国家做手术还是可以怀孕的。闻瑛把目光转向我，"去国外？想都不敢想！这笔费用对我们这样的普通家庭简直就是天文数字！手术是2005年做的。"末了，她把话题扯回来。侄娃子，不，是侄女，侄女是大山里的，十二岁。之前，她妈和她老汉都得病死了。虽然没有答应过继，但觉得她可怜，就花了一千八百元把她从大山里面转到北川这边来上初中，2008年秋季开学转的。她在这边读了一年书，住在亲戚家，却没有到家里来过。这期间闻瑛带信给她，让过来见个面，她没有来。闻瑛说自己的想法是，你来北川这边同我们一起生活一段时间，看看你的表现，再决定办或不办这个过继手续。可那娃子始终没有来。对这一点闻瑛意见就大了，她说让你过来见面你都不来，你说我怎么可能就给你办过继手续？唉！那女子由于没有监护人，缺乏家教，连起码的礼貌都不懂。

"也是啊，买个猫儿狗儿的，我也得看看吧，不可能连看都没看一眼就掏钱是吧？"我插话说。

闻瑛看我一眼，对呀。虽然不打算过继，认个干女儿也可以呀。我打电话跟她讲，你不上课的时候来家里玩，我们吃啥你吃啥。就这，她还是没有来。在她或许是真不懂礼节，但在我们看来，实在觉得用不着花钱费力还讨气恼！不过，这狗日的女子命还好，有个叫"完美春天"的志愿者群体，噢，那个时候我也在这个群体中当志愿者。这个志愿者群体给她找了一个资助者，是中铁七局的一个老板，这个老板资助了她两年，直到她考上大学。这期间，老板打电话叫她下来一趟，见见面。她在电话中跟人家说她搞不赢，推了。你说她多不懂事！人家资助你读书，让你过来见一见，你竟然说搞不赢？

在打算认领侄女之前，有人就建议闻瑛领养一个，她没干。原因嘛，老北川的一家邻居老太婆的娃儿在地震中遇难，老太婆在妹妹介绍下，领养了一个，结果娃儿的身体不好，经常得病。老太婆怪妹妹。结果两姊妹因此结了仇。这件事对闻瑛触动比较大，心想可不能随便领养噢。

侄女子的事之后半年多，闻瑛在路边上碰到了这个人家丢弃了的病儿。冬天哪，虽然不是最冷的时候，可这娃儿小脸都给冻紫了，关键的是，她一抱起他来就朝着她笑，你说这不是缘分吗？捡到孩子是缘分，老得病送医院看病就是命了。捡来三个月后就住院，拉肚子就得输液，一输液就住院。一年都要住三四次，少的时候三次，多就是四次。中医院、县医院，北川的所有医院几乎都住遍了。只是昨年子，2015年吧，满了六岁以后才好些了，没咋住院了。慢慢吃药调理，中药、西药，吃了好多哦，要是把他吃的药堆起来怕是有上百公斤了，看着头都晕！现在得病少些了，再要每年得病住三四次院，闻瑛说她就不晓得该咋个办了。

上学？上了呀，上小学二年级了。学习成绩在班上算中上。孩子得病少了，闻瑛心头也空（念"控"，轻松的意思）了。虽然是捡来的，可她一直把他当成亲生的养，平常总是变着法子给他弄好吃的。今年端午节，她问他想吃啥，他跟她说，妈妈我从来没有吃过扑鸽子。

"啥？扑鸽子？"我问。

"就是天上飞的鸽子呀，北川这边叫扑鸽子。"闻瑛说，"我先打算弄鱼给他吃，他说不吃鱼，想吃扑鸽子。从来没吃过嘛。"闻瑛看我一眼,"估计这娃儿是听人家说的扑鸽子可以补身体吧。就给买了,蒸给他吃。吃了,咳嗽,咳得很凶。一看不对头,赶紧送去医院。"

"娃儿的学习成绩中上,字写得好。喏,这是他写的字。"闻瑛把手机递过来,那是几张她拍的孩子在小学生作业本上写的字,字写得中规中矩,很认真。娃儿跟她这个当妈的说,老师说选班干部,其中有个条件要字写得好,平常老师经常夸他字写得不错,可选干部的时候却不提他的名,这对孩子打击很大。那天放学回来,他气得都不吃饭。问他才说了这件事。她这个当妈的能说啥子呢?她只能鼓励他,让他表现再好些(老师说他上课爱讲话),再得一颗小星星。孩子有九颗小星星了,十颗小星星就可以换一朵红花,三朵红花就可以申请加入少年先锋队。他不服气,跟她说,班上某某同学还打人呢,老师还叫他当班干部。她一下子被孩子顶得开不了腔。隔了一阵,才说,老师总是不知道吧?我们不去管人家,管好自己就可以了。那个打人的同学如果不改,今后肯定会被批评的,即使老师不批评,学校也要批评的,学校批评就严厉了。你呢,还要争取更好的成绩——顺便说一下,他上学期期末考试,语文100分,数学98分。哦,这是孩子画的画。闻瑛在手机上找到拍的图画照片给我看。

"这是你儿子吗?"我问,"长得眉清目秀的。"孩子的画多是些树呀、鸟呀,房子、天空和河流,是他这个年龄段画的画,笔调稚嫩,意向清新、亮丽,充满美好的少儿的向往。"你这个儿子有啥理想呀?"

"他呀,"闻瑛看我一眼,脸上挂着一丝掩饰不住的满意,"他说他要当官,当了官后要给妈妈挣一火车的钱,用都用不完。我对他说这是你的梦想吧?你猜他怎么说?他说:'才不是呢,是理想。''都差不多。''妈妈不一样哦,老师给我们讲过,理想是可能实现的呢!'娃儿说的很严肃。'好好,就算是吧。但梦想实现了也就叫理想了吧?''这个——老师没给我们讲。'"闻瑛又看我一眼,"我是逗着娃儿玩呢,那会儿真的被他长大后要挣一火车的钱说高兴了,心想这娃儿真是没有白养哦。"停顿一下，"我跟娃儿讲妈妈不指望你当官，只希望你身体好，学习好，将来有份稳定的工作，过得快乐就好。那些钱挣得再多的，还不是只吃三餐饭。房子再多再大，睡觉也只能睡一张床。"闻瑛把话题拉回来，"娃儿读书读到什么程度就算什么程度吧。读得出来最好，读不出来今后就去学门手艺，过去说'天干饿不死手艺人'，对于老百姓来讲，现在也是这样啊。你看啊，现在在外面打工挣钱稍微多一点的还是有技术的，那些凭劳动力打工的又苦又累挣钱还少。"

我被闻瑛领养的儿子长大后"要挣一火车的钱给妈妈用"的理想打动的同时，记起贾德春在谈到北川一些领养孩子的家庭时说的"因为年龄或者其他原因，无法再生，于是采取了领养的方式，但真正能够领养成功的微乎其微。没有领养成功的，对抚养子女问题，是一个敏感而忌讳的话题。"与这些家庭相比，领养孩子，不，捡拾孩子并为此吃了不少苦头的闻瑛算是幸运了，她毕竟由此看到了希望。"看来你这个捡来的儿子算是捡对了哦。"我由衷地为她高兴。

倒也是啊。闻瑛说。这娃小时候虽然让我费心不少，但还懂事。他爸在外打工，他现在经常跟他爸打电话。在电话中问他爸吃饭没有？下班了呀？如果是晚上就说，爸爸你早点休息，不要太累了啊。对了，你刚才说什么？可以花钱买到医院出具的孩子的出生证明？买这样的证明是为了将来告诉孩子，不要去信人家说你是领养或捡来的。北川有人买了吗？

我告诉她我也是来北川采访时听人讲的，讲这件事的人也是你们这些再生育家长。

听我这样一说，闻瑛脸上出现了少有的严肃。她说尽管这捡孩子的事儿子目前不知道，也永远不想让他知道。但不敢保证万一哪天被他晓得了——天知道有一天他会从什么人那里听说到——就麻烦了。

我点点头，表示完全理解。你们现在还是每年的"5·12"回老北川烧纸吗？

回呀，每年的"5·12"，还有清明节，都要回老北川给遇难的儿子烧纸。鬼节（每年阴历七月半），过节就在新北川烧。儿子遇难的时候十六岁，北川中学快班的学生，如果不遇难，今年二十五岁了。肯定工作了。顺利的话，都成了家了。说到这里闻瑛长长地叹了一口气。你问带不带现在的儿子去，本来是要带他去的，考虑他身体不好，就没带他去。等他满了十二岁再带他去。人家说的小娃娃火眼矮，怕挡不住。十二岁以后就会好一点。虽然没带他去，但我们给他讲了他有个哥哥，在地震中遇难了。他呢，现在就盼着早点满十二岁，好去老北川给哥哥烧纸。

通常来讲，少年是指十岁至十六岁这一阶段的孩子，但在大多数老百姓眼里，孩子满了十二岁才算少年，之前只能算儿童。闻瑛现在的儿子八岁了，还有四年就是少年了，就上初中了。上初中的儿子的志向，肯定已经超越了四年前上小学二年级的"长大后要当官，挣一火车的钱，让妈妈用都用不完"了吧？至少，除了挣钱，还会想得更多更丰富，比如，报答和孝顺妈妈爸爸。比如，做个对社会有用的人才，等等。反正，一个花季少年的梦想肯定比幼稚的儿童的梦更多一些亮丽的色彩。

（中）德阳红白

　　四川德阳市什邡红白镇是"5·12"汶川地震的重灾区。红白镇的称谓来源于《什邡县志》（民国十八年版）。前清时，此地有祭太阳的红墙宇和齐天宫（现红白中学）的白墙宇，四周百姓常来此朝拜和贸易，所以习惯上称此地为红白二场，后来称为"红白镇"。红白镇地处蓥华山麓，位于什邡市（县级市）西北部，距什邡市区37公里。

红白镇上的小院人家

> 妈妈的微信名叫"一笑而过",儿子的学名叫"魏一笑"。这不是巧合,是为了生活得快乐专门取的名字。张小芸说在这个太阳升起的小镇上过日子总该感觉有希望才对。不是吗?
>
> ——采访手记

德阳什邡红白镇是"5·12"汶川大地震重灾区。红白镇五桂坪村妇女主任张小芸,在这场地震中失去了三位亲人,公公、自家的儿子和兄弟的儿子。就读红白中学的十五岁的儿子魏其林,地震时被埋入废墟,张小芸跟丈夫魏小明在学校围墙周围,把砖瓦刨了好多遍,最终还是没能找到儿子。

九年前发生的这场灾难,让失去爱子的张小芸和丈夫魏小明至今悲痛异常。"再是悲痛,生活总得继续啊。"张小芸说她和老公能够挺住,主要原因是因为有了现在的孩子。张小芸停了说话,眼光从农家小院望出去,外面是连绵起伏的高高的山峰,巍峨的山峰在夜幕下显现出粗犷的轮廓。"这儿是太阳升起的地方。有太阳,就有新的一天。"

红白镇,寓意太阳升起的地方。清朝时,镇上有祭太阳的红墙宇和齐天宫的白墙宇,四周百姓来此朝拜和贸易,故此地称为红白二场,后称"红白镇"。

"太阳升起的小镇，这我知道。"我说，"你的意思是，你们失去了一个'太阳'，终于又有了一个'太阳'，是这样吗？"

"是这样的。"张小芸说。

讲述新"太阳"出世前，两夫妇简要跟我讲了他们去外地打工的经历。

地震过后，魏小明夫妇和一帮朋友结伴去了甘肃、四川凉山州等地打工，但一直没有找到合适的工作。有时去一个矿上干了几天，就没活干了。

"我们出去打工，年龄大了，别人也不得要。给一台电脑，不会弄，眼睁睁看到一份工作却做不来。"魏小明说他地震前就在外面干活。地震过后，省外的甘肃、省内的阿坝、凉山都去过，主要去矿山、煤矿等，地震前在磷矿厂干过，活路熟悉。工钱一百多元一天，但都干不长，一个月就那么四五天、五六天。一年出去五六个月，一个月干五天，半年加起来才一个月。就这样，还得出去，不然就没法生活呀。通常是朋友介绍，说那个地方还可以，赶忙坐车过去，去了干几天又没活路了。哎，现在到处都不好找活。挣点钱就够路费，有时候路费都不够。

"地震前，红白镇这儿有磷矿，挣钱虽然不多，但干得久，又能照顾到家，钱还不分两处用。"张小芸插了话。

灾后重建，政府给的政策，包括鼓励再生育，检查费、治疗费都由政府出。尽管有政策，张小芸还是很犹豫，自己年龄已经超过四十了，怕生下的孩子身体不健康，甚至担心智力方面出问题。那时候，婆婆跟她讲，无论如何得要个自己的孩子，不能耽搁，往后年龄再大点，就更不能怀上了。姐姐也不断给她打气，说现在医学这么发达，只要配合医生，该检查的检查，该治疗的治疗，不会有太多问题。她这才得以增加信心。

他们去成都生殖医院，去省华西医院，也去当地人民医院，各项检查下来，没得问题。

2009年8月份，张小芸终于怀孕了，一家人特别高兴。遗憾的是，肚里的孩子不到三个月就掉了，一家人再度陷入悲伤和沮丧中。

又过去了大半年,2010年3月,她再次鼓起勇气,又去成都生殖医院检查。金秋10月,终于再次怀上了!这一次,张小芸更加小心。再是小心,担忧还是难免。孩子出生前,她每天去医院做胎检,检查到九点几分就开心,就觉得正常,一旦检查得分七点几,心里就开始打鼓。所幸这个起伏不是很大,但总是战战兢兢,生怕发生意外。如果晚上娃娃在肚子里不动了,她就整夜睡不着觉,惴惴不安地熬到天亮。

娃娃40周的时候,张小芸就给什邡保健站曾站长提出想要剖腹。

曾站长说:"你好大的肚子,不用担心,不要剖腹,再输两天营养液。"

怀孕六个月时,张小芸去德阳人民医院做B超检查,医生说孩子已经脐带绕颈一圈了,这可把张小芸给吓了一大跳。医生安慰她说不用紧张,绕一圈不用怕,有时候孩子自己就退出来了。

要生之前,她去什邡人民医院,检查到娃娃的脐带绕颈两圈了。曾站

向思宇在什邡红白镇采访再生育家庭魏小明夫妇

长依旧宽慰她说，以前接生的时候，脐带绕几圈的都有，你不要太担心。但她实在忍耐不了，就去跟主治医生廖医生说了："我不敢冒险啊，不敢再坏掉了。"医生看她实在焦急，就给她做了剖腹产。

长相清秀的魏一笑像个女孩儿。

看着面前女孩模样的儿子，妈妈由衷地说道："上天还是眷顾我们的，这个孩子身体健康，一切都好。"说这话时，张小芸脸上绽放出明丽的笑容。历经大难却能笑对人生，难怪她的微信名叫"一笑而过"！

"这个娃娃来之不易，他是在什邡人民医院剖腹生的。别人说我们这么艰难才得到孩子，肯定会惯孩子。但我从来不惯娃儿，对的就是对的，错的肯定要处罚。比较之下，婆婆就很宠爱孩子，老人说已经失去一个了，这个必须得对他好些。但在教育孩子问题上，只要我坚持原则，婆婆还是会支持的。"

"现在不惯，是因为以前惯过。"张小芸说。带第一个孩子魏其林的时候，就有点惯。那时候二十多岁，没有经验，也不晓得怎样带，以为无条件满足他的要求就是爱他。不过，那孩子倒也懂事。以前做副食批发，有时候朋友约起晚上打麻将，那时，魏其林也不过十多岁，他就帮我们守铺子，卖一点东西。晚上九点过，拉上铺子卷帘门，关上门睡觉。

张小芸一提到走了的魏其林便再度陷入了悲伤。缓过气后，她跟我说，从另一个角度讲，正是这个遇难了的孩子教会了她重新思考：只有让孩子早些学会独立，树立自信和自强，日后才可能成材。这个成材不是非得要挣多少钱，而是自己养活自己，能够同人和谐相处。当然，在饮食方面，张小芸承认自己还是有点惯孩子。附近别的同龄孩子已经不吃奶粉了，一般都买盒装牛奶。但魏一笑喜欢吃奶粉冲的牛奶，张小芸就给他买了最好的奶粉。看着孩子冲牛奶喝时，她会在含有馨香的牛奶味道里吧嗒出生活的甜蜜，她相信这种能吧嗒出甜蜜的奶粉能让儿子的身体好。而更能吧嗒出生活甜蜜的是孩子的大姐姐的奶水。

魏一笑吃母乳吃到八个月，断了。前两年，四五岁了，张小芸一个表嫂的儿媳妇生了娃娃，奶水多，吃不完，就挤出来，装进碗里。这家亲戚离他们近，张小芸就过去端回来，热给自己孩子吃。刚开始孩子不太喜欢吃，后来习惯了，觉得好喝。有时候还主动给妈妈说，大姐姐回来了，有奶吃了。孩子喜欢吃，又有营养，当妈的还说什么呢，就每天去亲戚家端呗，这样不嫌麻烦坚持了三个月。张小芸为此认为，孩子身体素质好，与小时候吃母乳和好奶粉有关。

"别看我们在生活上将就他，可他要是无理取闹，我们根本就不会理睬他。"张小芸加重了语气。

丈夫魏小明丝毫不隐瞒对妻子的敬意："我爱人比我有文化，她是高中毕业，我只上了八年学，初中都没有毕业。爱人的字写得特别好，工作努力得很。她不只管妇女工作，保管现金，连人家的家事也要去管，操心得很。"像是要证明，魏小明的话音刚落地，张小芸的手机便响了起来。打电话的是个女人。"嗨，就是跟她这个妇女主任说家里的琐碎事，婆媳闹矛盾啦，妯娌不和啦，没别的。哪有啥子上班下班哦。"讲完，魏小明"嘿嘿"一笑。

魏小明这一"嘿嘿"分明表达出一个丈夫对成天瞎忙的妻子的宽容和欣赏。在魏小明看来，当妇女主任的妻子能够有那么多人找，证明妻子是个能干人。妻子从地震后的2009年3月任妇女主任到现在，当了八年多，说明她这个主任能够为村子里的人排忧解难，否则就不会连任。

"孩子的作业我没有办法辅导，一般都是他自己做，自己检查。如果孩子的作业都要由我帮助考虑，那就没有意思。每次跟老师交流，老师都说他乖。邻居也说你家那个老幺儿还是很懂事。魏一笑自尊心很强，上幼儿园时，没当上值日生，回来都要哭一场。他当上值日生的时候多，他觉得当值日生很光荣，他非常在乎这个'职务'，把它当成一种荣誉。他跟小朋友的关系也好。他从来不得欺侮比他小的孩子。"魏小明停顿了一下，"灾难后的孩子比没遭过灾难的孩子更能理解大人。魏一笑很小的时候就会自己洗脸，刷牙，洗脚。两岁多就自己单独睡觉。孩子毕竟是孩子，他刚上幼儿园住校的时候也哭。他一哭我们心头就难受，难受但还得忍着。要培养他的独立能力呀。到了冬天，我们担心孩子感冒，晚上还是要把他接回家住。红白镇的冬天比外头冷得多。"

"魏一笑他们那个班三四十个娃儿，有时候他的生日就在幼儿园过，给他买个生日蛋糕，送到幼儿园，一个班的孩子围着给他过生日，那气氛比在家里好。自从在幼儿园过生日后，他总要问自己什么时候过生日。我们一般不得给孩子零花钱，不想让他养成乱花钱的坏习惯。只有过年才给他100块钱，但他舍不得用，他会把我们给的钱，还有亲戚给的压岁钱，全部都交给他妈，叫他妈给锁在一个小箱子里。有时候上街，他找我们要钱买作业本，偶尔买玩具，但他不会用自己的钱，他说他的钱是要存起来上大学的。有时候，我们跟他开玩笑，说你把你的零花钱带上，到街上去买东西，他直摇头说不干。"

张小芸在旁边插话说："我给他说，我们店里来了客人就能赚钱，赚了钱就可以给你交学费和生活费了。他听了总是很懂事地点点头，然后就一个人到一边玩耍去了，这一点很像他遇难的哥哥魏其林。"

"魏一笑的作息时间呢，夏天早起晚睡，冬天晚起早睡。"魏小明说，"我们给他规定了作息时间，就让他自己看时钟，早晨自己起床。家里没有电脑，我们不会用，也不打算现在买。他看电视只看动画片。每天吃了晚饭，我们都要带着他出去扔垃圾，散步。这个时候呢，就让他讲幼儿园的事，也给他讲一些开农家乐的事。"

"等一下，"我伸出指头示意魏小明暂停，"你先跟我讲讲你们这个农家乐。"

"要得。"魏小明说，"这农家乐呢，是地震后在宅基地上扩建的，有200个平方米，200个平方米不全是我们一家，还包括我兄弟一家。前不久兄弟才搬出去。灾后重建政府给补助了3.6万元，当然不够，不够部分找人借呀，找农信社贷款呀。"

"你们的农家乐生意还好吗？"我问。

"算不上好。"张小芸插话说，"我们的农家乐只能算是小规模的。红白镇有6个村，大大小小的农家乐（包括民宿）有一百多家。仅我们五桂坪村上规模（客房10间为小规模，20间为中等规模，30间以上算大规模）的就有二三十家。我们算小规模，只有10间客房。每年生意最好的是夏天，七八月份两个月，月纯收入二三千元。其余季节，只有一点零星生意，就是双休日过来住上一两个晚上的零星客人。这些客人多数是成都、广汉那边的。"张小芸停顿一下，"农家乐生意好的时候，正赶上我这个村妇女主任最不空。是这样哦，每年的夏季（五月份至九月份）山里的地质灾害发生最频繁，这期间规定必须24小时开机。说个笑话，我们家农家乐生意最好的旺季也是我这个村妇女主任的'旺季'。"

"你的意思是说，你们家农家乐的旺季你基本上都帮不上忙，是这样的吧？"我说。

"对呀。"张小芸说。

旺季一年就两个月，一个月收入二三千元，也就四五千元。加上淡季的双休日（一个月四个双休日，一个双休日接待两三家游客，每人每天吃住/120元，扣除成本，一家两口240元，净收入140元，两个晚上240元）的零星生意，淡季一个月收入八九百元。全年收入约一万三四千元。我根据张小芸的讲述大致默算出这么一笔账。说得更直接一点，魏小明、张小芸夫妇的农家乐，真正让他们这样的"农家"乐的时候就是每年夏季的两个月，其余的季节和日子就清淡，就与"乐"不那么沾边了。所谓的"农家乐"更多的是乐在精神，乐在没有闲着。收入尽管微薄，可这一大家子却过得充实而知足。其主要原因恐怕跟他们有了新的"小太阳"魏一笑有关。这不，两口子讲起儿子魏一笑话就收不了口。

"魏一笑在幼儿园爱向老师提问。同学关系也处得好。老师说这个娃娃性格好,懂得感恩。"魏小明说,"他妈有时候在外边培训,魏一笑就给他妈打电话:'妈妈你做什么去了,什么时候回来。'这个时候他妈总是耐心地告诉孩子:'妈妈也要上学,也要读书啊,只有多学知识才能进步呀。'魏一笑就说:'噢,知道了。妈妈明天回来,要记得给我买礼物哈。'"

"孩子很喜欢画画,在家里的墙壁上到处画,寝室的墙上画得也很多,但我从来不干涉他。"张小芸说,"孩子有这个天性,做父母的就要支持。当然,"张小芸看我一眼,"他小气,爱哭,你还没开始说他,他就先哭起来了。他一个人哭,跑进屋里去谁也不理。这个时候呢,我们往往就不理他。等他想通了,他会主动出来道歉。"

魏一笑知道他还有一个哥哥是三岁那年。他和邻居一个小朋友一起玩,大概是弄坏了人家的玩具吧,那孩子的哥哥当面训斥他说以后不准来玩了。魏一笑回来后就很伤心,他问张小芸:"妈妈我怎么没有哥哥。"

张小芸看他情绪低落,忍不住说了:"你也有哥哥,你哥哥读大学去了。"

孩子就自己在家里翻看照片,找到哥哥的照片后又问:"我哥哥什么时候回来?"

张小云和他爸相互看一眼后,不约而同地说道:"哥哥要等你长大了才回来。"

渐渐地,孩子懵懵懂懂地知道他哥哥不在了,这以后魏小明夫妇去山上祭奠在地震中遇难的儿子,会带着他一同去。第一次带他去的时候他才四岁,他心里没有"死"这个概念。当然也不知道什么是地震。从山上祭奠哥哥回来不久他又忘了,又会不时问起哥哥在哪里读大学去了嘛?(他们跟他说过你哥哥到很远的地方读大学去了)张小芸只好跟孩子说去天堂读大学了。

孩子又问天堂远吗？妈妈说很远很远。你长大了考上大学就能去找哥哥了。孩子就说那我就快快长大，快快考上大学。

这些年，每到清明节，"5·12"祭日，还有过年，以及魏其林生日那天，魏小明、张小芸夫妇都要带着现在的孩子去先前的孩子坟前，祭奠死者，庇佑生者。

坐在魏小明夫妇的农家乐小院，听夫妇俩絮絮叨叨充满爱意地说着他们的两个孩子，直到深夜。

中午从郫县三道堰出发，转了两趟车，赶到红白镇，已是傍晚时分。在镇上开酒作坊朋友的引荐下，联系上魏小明，跟着他走进农家小院。与魏小明一大家（张小芸母亲，魏小明的两个妹妹）坐一起吃晚饭。然后，听他夫妇围绕孩子和家庭摆谈，这中间没有歇一口气，可这会儿躺在床上却入不了睡。大山里的夜晚原本就宁静，屋外夏虫的唧唧鸣叫愈加衬托出了这宁静。毕竟是累了，嘈杂的夏虫的唧唧声没能抵挡住蓦地蹿上眼皮的瞌睡虫。蹿上眼皮的瞌睡虫蛮横地将我拖入深不见底的深渊……深到底后突然放手，像一根拉紧松掉的橡皮筋，待这橡皮筋再次拉紧时，绑在橡皮筋一头的我便"嘣"一下被弹了上来，这一弹就看见了晨光熹微……

一大早爬起来的我，一个人静静地站立在魏小明开设的农家小院坝子里，贪婪地呼吸着大山里湿漉漉的空气。

近旁的山林里鸟儿在欢快地鸣唱。不远处的河谷里流淌着哗哗的流水声。院落四周是连绵起伏的大山。

对面山上，一轮初升的太阳，满脸粉嫩略带娇羞地从山巅背后冉冉升起……噢噢！太阳照耀下的群山，群山环绕下的红白镇。不，不只是群山环绕，也不只是太阳照耀，而是养在深山虽历经磨难却千年不老的红白镇。还有，面前这户人家，还有其他开农家乐和不开农家乐的太阳升起的小镇人家，他们年复一年生活在大山里，虽经大灾大难心头仍旧怀揣一颗滚烫炽热渴望明天的红白镇人。

（下）汶川映秀

　　映秀镇，隶属于阿坝州汶川县。"5·12"汶川大地震，起爆点在汶川县映秀镇西南面约10公里的牛眠沟（又名牛圈沟）一个叫莲花心沟的顶部。当地传说中这条沟每隔两千年会开花，故而得名为莲花心沟。绵阳市北川、阿坝州汶川、广元市青川，是汶川大地震中受灾最为严重的"三川"。

　　"三川"的灾后重建，北川羌族自治县是唯一异地重建的县城，汶川县映秀镇则是原址上重建的乡镇。原址重建的映秀今天是个什么样子？以及搬迁到这片土地上生活的老百姓，尤其是他们震后再生育的孩子是个什么状况？

第一章　映秀街上，丁字路口小超市

> 考试考得不好下次再来，做人差劲麻烦可就大了，因为做人只有一辈子，所以做人必须品行端正。
>
> ——映秀·藏族李泽翠

这个初夏的晌午，坐落在群山环抱中的阿坝州汶川映秀镇显出少有的安静：驶进小镇的汽车少有鸣笛，只有车轮碾在路面上发出的"哧哧"声；没有普通乡镇集市此起彼伏的叫卖声，间或有客栈老板追着驶进小镇的车辆询问"吃饭不，吃饭到某某店"招揽生意的声音。最大且持续的声响是桥下那条穿小镇而过的哗哗流淌的渔子溪河。

街道两旁，一排排整齐的木阁楼精致漂亮，与石板铺就的几条小街相互映衬。如果不是乡音朴实，会让初次到映秀的外地游客误认为走进了欧洲某个风情小镇，眼前这疑似欧洲风情的小镇，却是"5·12"汶川特大地震的震中地带。地震发生时，映秀镇房屋垮塌，生灵涂炭。两年后恢复重建时，又遭遇了一场特大暴雨的袭击，从而让在大地震中罹难的小镇再次遭受了严重的洪涝、泥石流、山体滑坡等灾害。

如今的映秀镇，看上去静谧，温馨。

映秀镇委派的村主任和一名在有关部门工作的年轻人，将我们带到小镇最繁华的街上。此前，我们将省作协开具的采访震后少儿成长的介绍

罗鸿在映秀镇街上采访董德（右）

信，按照对方要求用原图发给甘孜州作协副主席，转县委宣传部备案后才有了映秀这边的接洽。负责为采访联系的村主任，指着位于面山朝北的丁字路口交接处的一家小超市，告诉我们这就是一家再生育家庭。

超市铺面不宽，但各种日用品、副食品在货架上摆放得井井有条。屋子后面是厨房和卫生间；地方狭窄却收拾得干净整洁。

店主董德守着铺子。妻子李泽翠去了医院接受政府提供的免费体检。女儿上学去了。董德很热情地招呼我们在门口的小桌子前坐下。这时，一位刚扫完地握着扫把的环卫工也在旁边的椅子上坐了下来。他俩相互寒暄着。

"生意好吗？"我们问。

董德摇摇头："不好。我们这镇上也就四千人左右，却开了好多家这样的小超市。你看我店里都是些小的生活用品，价格低，赚头就更少。哎，也就是维持低水平生活而已。"他提着开水瓶出来，"发不了财的。"

我宽慰他:"这里环境好,天热了,游客多起来,会好一点的。"

董德还没有回答,环卫工大爷接过去话茬:"嗨,别说游客了!有些游客说话气人得很呢。他们说,这里上厕所都要收钱啊?我们给你们地震灾区捐了那么多钱,在这里来玩,你们应该欢迎,包吃包住嘛。"

董德看对方一眼,赶忙打圆场:"也不是所有游客都这样,说这种话的毕竟是少数嘛。"看得出,董德是个善于体谅他人的人。

董德竟然是我的同乡!他来自南充营山,离我老家南充市嘉陵区不过七十公里路。"老乡见老乡,两眼泪汪汪。"何况这个董老乡的经历实在令人感伤!他没有兄弟姊妹,六岁时失去了母亲,与父亲相依为命八年后,父亲也病逝了。十五岁离开家乡,四处流浪,到处打工,老家一带戏称这种经历叫"跑江湖"。

董德一个人在广东打工,他没有文化,甚至不识字,在沿海一带吃尽了苦头。那几年,他想着得学一门手艺才好在社会上立足,经朋友帮忙引荐,回四川后,去了阿坝州的金川县学木匠,在那里认识了藏族妻子李泽翠。

他们结婚后去了成都,以补鞋、修自行车维持生计。董德的朴实厚道得到妻子娘家人的一致肯定。他努力挣钱,攒钱,希望通过自己的努力让这个小家庭的日子过得稍为像样一点。

女儿出生后,董德开始琢磨着孩子上学的事。

妻子家的姊妹很多,大姐在映秀安了家,姐夫建议他们也到映秀落户。经过再三考虑后,董德觉得可行。两年后,他们把户口迁到映秀,修了房子,又生了儿子。

自幼失去亲人的董德终于结束了奔波的日子。守着眼前其乐融融的小家,幼年丧母,少年丧父,早早进入人世间吃够了苦头的男子汉,那种幸福满满的感觉瞬间像一股暖流注满了胸膛。

"5·12"汶川大地震发生前,董德在映秀一家酒店做保安,妻子李泽翠在酒店里洗碗、打杂。酒店建在映秀通往卧龙的公路上，公路两旁山峰连绵，绿树成荫。每到夏季，外地来这儿消夏的游客特别多。平常夫妇俩住酒店的宿舍里，两个孩子住校，周末一家人才能团聚。

15岁的女儿在全年级一百五十多名初中生中排前十名，是深得老师信任的班长。儿子11岁，成绩不及女儿优秀，但乖巧、听话。

那个周末，读初三的女儿揣着两千多块钱的班费，回来与董德商量，毕业聚餐她打算将同学安排到爸爸打工的酒店。"好啊。"董德满口答应。精明的女儿既为自己打工的酒店揽来了生意，又考虑到了她的同学聚餐能打折。答应下来后，他又补上一句："离毕业还有一个多月，早着嘛。"

女儿看着老爸："不能抵拢了才去找老板，爸爸记得下周就去说。"

董德赶忙应道："好好好，下周就说。"

5月12日。一个普通的星期一早晨，学生们陆陆续续地赶往学校。孩子同往常一样跟自己的家长在校门口告别。

"爸，你回去吧，不许忘记订餐的事儿！"女儿走出几步，回头对他挥挥手。与其说是提醒，不如说是在借此向爸爸撒娇，阳光照在女儿白净的脸庞上，细细的绒毛清晰可见。

小姑娘个子长高了那么多，还是孩子气十足啊。董德在心头念叨，嘴上却朝着女儿方向："爸爸记得的！"

儿子也冲他笑道："爸，快回去了，妈妈还在等着呢！"

董德再次点头，他感到鼻子有点酸。

每个周一早上，他都会站在学校大门外，目送着两个孩子进校门：姐弟俩先是并肩走，然后分开，各自去初中部和小学部的教学楼，直到看他们进了教室，他才会转身离开。

谁承想，这个看上去普通得不能再普通的星期一，随着他的这一转身离开，他与女儿，还有儿子，从此便成永诀！黑色的星期一！该诅咒的十恶不赦的星期一呀！

……几个小时后，山崩地裂，房屋垮塌，一个个鲜活的生命，很多平日里熟悉的孩子，瞬间被废墟深埋于地下……

救援部队来了。

志愿者来了。

很多孩子被救援者救出后送往成都的医院。

还有的，救出来已经没有了呼吸。

地震后第二天早晨，夫妇俩一路摸爬滚打，从山里往外走，走到映秀已经是当天下午五六点钟。平常不到一个小时的路程，整整走了十二个小时！

沿途，巨大的石头不断从山上滚落下来，路上到处是石堆，稍不留神，一脚踩空就会掉下悬崖；悬崖下边，岷江水奔涌着，像一群愤怒的狮子，瞬间便可把人卷入浪底，甚至听不见一声呼唤，就无影无踪。

从山里出来的人，越走越少。

路上遇到一群年轻的士兵，有一个小个子，看上去比他们的女儿大不了几岁，边走边哭道："太惨了！"

夫妇俩赶到映秀后，到处打听孩子的去向。终于找到了儿子的遗体，两人悲恸得大哭！

女儿呢？有人说你们的女儿可能被飞机救走了，有人说地震后就再也没看见过。

学校的操场上，摆满了救灾物资，到处是伤者，到处是哭泣声……

再跑去成都的医院，依旧一家医院一家医院地挨着打听。

一个多月后，他们终于意识到这个惨烈的现实，女儿也不在了，两个孩子都不在了……

妻子早已经哭干了眼泪，成天失神地坐在那里，一坐就是一天。董德想起周一那个早晨，痛苦得无法呼吸，但他还得挺住，他要挺不住，妻子就更难挺得住了。

妻子的姐姐把他们接到彭州的军屯乡，度过了地震后最为艰难的一段日子。渐渐地，他们明白过来，必须要忙碌，忙碌才能暂时遗忘心里的巨大悲痛。他们去水磨镇打工，那家老板人好，老板一家对董德夫妇跟对朋友一样。

细心的老板姐姐，还建议他们去成都的医院免费看病，争取再怀上孩子。她说有了孩子就更容易走出地震的阴影。

李泽翠去医院检查后，说是输卵管堵塞。

医生给开了很多药。

他们检查回来继续在水磨镇打工，隔上一段时间又去医院检查。

苍天有眼，妻子终于怀孕了！但因长时间处于悲痛之中，体质急剧下降的李泽翠吃不下东西，一吃就吐。那个时候，一边为了生计一边操心着妻子，那个累啊，董德说都不晓得咋个形容！总之，那段时间，一下子老了很多。

地震后两年，现在的女儿终于出生了！要说出生得也不顺利，生下来才五斤四两的女儿，被搁在恒温箱里，几天后才抱出来。

当妈的没有奶水，女儿只好吃奶粉，三百多块钱一铁盒的奶粉不够吃几天。女儿肠胃不好，随时都在生病，还爱哭，生下来整整哭了一百二十天。

董德原想孩子大点后，自己外出打工补贴家用，可每次收拾好行李，看好出门的日期，还没出门，孩子又病了。很多次，都在晚上生病，这个时候只有租车去医院了。租辆车去都江堰医疗中心，一般在一百五左右。保险起见，他们把当地司机的电话号码都存进了手机，遇到深夜孩子发烧，就挨着一个个地拨号。

"娃娃药底子（即抗药性）太高了，一般的消炎药根本没有效果。"董德感叹道。

女儿两岁多的时候，一家人去金川外婆家，路上下大雪，怕孩子冻着，董德赶紧把自己的外套脱下来捂在女儿身上。但孩子还是感冒了，一家人只得匆忙往医院赶。连续三四天，孩子一直不退烧，拼命地哭着，小胳膊小腿一个劲地动弹，弄得护士都无法给她扎针输液。无奈，他们只好将孩子按在床上，手和脚被强行固定着的孩子边拼命挣扎边哭闹着。

发烧是治好了，孩子却因哭得太厉害，受损的声带到现在都没有完全恢复。"现在说话声音稍微大点，嗓子都会疼。前年找医生看，医生说孩子太小，无法治疗，只有慢慢养着，慢慢恢复。多喝点清热的水。"

那时候，常常有邻居看着他们搂着女儿从医院回来，包裹得严严实实，怕吹了冷风，怕遇到感冒的人被传染。邻居们感叹道："这么个小不点，啥时候才能长大哦，这爹妈太操心喽。"

由于体质弱，女儿上幼儿园后，班上只要有孩子感冒她就跑不脱。周末和小朋友一起玩耍，只要哪个孩子感冒了，不到晚上天黑，女儿就开始发烧。三岁前，常常是胃肠吸收不好；上幼儿园后，常常是扁桃体发炎，甚至化脓。每次生病除了吃药打针，还要接受雾化治疗，一治疗就是一个星期。有一个学期，在医院治疗和在家休息的时间比在幼儿园里还长。有好心的乡邻告诉夫妇俩，那个叫大柏树的地方，有个神仙婆灵得很，可以去找她给看看。他俩下午三点多去排队，轮到他们时，已经接近吃晚饭时间。那个神仙婆说要烧纸，要在树上挂红，说完给画了一道符，叠成三角形的，里头装上铁木屑、银屑，挂在孩子床头。看一次一百元钱，连续去了三次。每次回来后孩子照样生病。

"有一个人还是说准了，说孩子要满了六岁就好了。确实，女儿去年终于没怎么生病了。"董德说。

"孩子的舅舅从诺尔盖草原买来牦牛骨头，三天两头给孩子炖汤喝。听人说，红原的酥油吃了好，每次就买最好的给孩子吃。她爱吃，但消化能力弱，并没有吸收到多少。"从医院体检回来的妻子李泽翠接上了话头，"孩子上学以后，身体开始慢慢好了，现在倒是很少生病。"李泽翠看我们一眼，"自己没有像以前要求大女儿那样对待这个小女儿。那时候脾气火爆，对大女儿很凶，要她一定要努力，一定要考出去。一旦学习不够好，就会发火，会把本子撕了向女儿砸过去。"

她说自己对先前儿子的管束就更凶了。

比方说吧，他从外面回家，把包里的衣服一一倒出来，外套和裤子放进洗衣机，把内裤和袜子拣出来用手洗。这头心不在焉地洗着衣服，那头已经惦记着出去找小伙伴玩了。匆匆地洗完内裤和袜子，一溜烟跑了出去。回来时，天色已晚，感觉家里气氛不太对，知道肯定又要挨骂了。他站在那里，偷偷地把父母和姐姐的脸色都瞅了一遍，然后，垂了头不吭声。李泽翠呢，一把把袜子从晾衣竿上扯下来，捏着袜子对他训斥道："这就是你洗的袜子？你自己看洗干净没有？"儿子不敢看，头埋得更低了。"你不敢看是吧？"她一下子把袜子甩在地上，还踩上两脚，严厉地吐出两个字："重洗！"

对现在这个女儿，李泽翠说自己不像先前那么容易发火了。至于读书能读到哪个阶段就读到哪个阶段。女儿考试没有考好，她会鼓励孩子："没关系，没考好下次努力。"如果下次还没有进步，她会继续鼓励。

"对孩子，你现在最在乎的是什么？"我问。

"健健康康平平安安最重要，当然也要品行端正，品行端正是做人的基本标准。考试不好可以再考，做人却没有下辈子。"李泽翠说她现在不会过分苛求孩子，更不会轻易打骂。方法变了，但教育孩子并没有因此放松。上回半期考试没考好，李泽翠告诉女儿："期末如果没达到95分，我没说要考100分，但95分是能考的，如果考不到，暑假就不要想去玩，就天天待在家里做作业。老师如果安排买一本资料书，我就买两本、三本，守到你做。"她起身进屋找来女儿的本子，放到桌子上，一页一页翻给我们看。我凑上去看，田字格的本子，铅笔写的字，稚气而简单，但每一笔每一画都很清楚工整。"女儿很在乎自己的书写，老师经常表扬她，要班里同学向她学习。但几天前，班里选一名同学去参加写字比赛，老师却没有报她的名，而是另外一位男孩子。女儿跑回来向妈妈哭诉，她噘着嘴说：'凭啥是他呀，老师每次都表扬我。'妈妈笑着跟她说：'幺儿，没关系，下次还有机会，老师希望你写得更好，下次再选你去。'"女儿听了，用手背擦擦脸上的泪花，拿起铅笔和本子又去一旁练字了。

除了写字，女儿最喜欢的是跳舞。她每次看到电视里的舞蹈节目，自己就在一边跟着学。最喜欢跳中国舞，最崇拜那个跳孔雀舞的舞蹈家杨丽萍。

"民族舞的经典。"我插话说。

"对呀，这算是我们女儿的舞蹈中国梦吧？"李泽翠看一眼我们，继续往下说。家里铺的地砖，她有时候看着电视，一下子就梭了下去——干吗？练一字马。为此，也没少挨骂。"董德今天早上在楼上听到他女儿在喊：'妈妈不要打我啊。'"她爸特别不愿意我打女儿。"当时并不是要打她。"李泽翠说。早上，她正在厨房洗碗，女儿在等她爸送她去上学。一边等一边蹦蹦跳跳地哼着歌，哼着哼着就一"咻溜"滑下去，嘴里还念着"横叉"，站起来又换个方向，一"咻溜"又滑了下去，嘴里念着"顺叉"。李泽翠看着女儿："你刚换的裤子，快起来！我给你把屁股上的灰擦了！"

罗鸿（右）在映秀采访藏族妈妈和她的女儿

女儿一听像是被什么东西蛰了一下，立马从地上跳了起来，大声哀求道："妈妈啊，你不要打我啊！"一边喊一边躲闪。这可怜的呼喊把她爸也给喊过来了。"我真的是要给她擦灰，哪晓得她把擦灰想成了挨打嘛。"李泽翠笑道，"可能是我的表情太凶了点把她吓到了。"

中午时分，上学的女儿回来了。小姑娘扎着羊角辫，嘴里哼唱着什么曲子，看一眼我们后，跑到一边跳绳去了。

"别人来铺子里买东西，她知道的就说价格，不知道的就说：'你在外面坐一会儿，等我妈妈回来跟你说。'有小朋友来买东西，她就在一边拣价格贵的给人家介绍：'这个好吃，买这个嘛。'可能是看我们做生意看多了吧，也懂一点做生意了。"

大概是听出我们在谈论她吧，小姑娘跳得慢了，她把绳子握在手里，渐渐凑拢了过来。

李泽翠把手机点开，嗬，全是女儿的照片！各种裙子，各种姿势，各种笑脸，这小姑娘天生就具有明星范儿啊，每一张都那么活泼可爱。偶尔出现一张双人照，不是爸爸当配角儿，就是妈妈当配角儿，"灿烂的笑容也像天气，会影响人的心情哟。"我看着照片，忍不住笑了。"阿姨给你拍一张吧。"我对小姑娘说。

"她叫董秀丽。"李泽翠说，然后指着对面的小花台，"去那里照，那里有花，我种的。"

"秀丽，秀丽，你们的女儿长得可真是秀丽哦。"我边用手机镜头瞄准走去街对面的小姑娘，边念叨着说。

街对面，一团团绣球花开得热闹非凡。铺子门口是水泥地，摆着桌椅，不便养花，李泽翠便把花种在了街对面。"我们阳台上也有。"她指指楼上，说。我抬眼望去，哟嗬，那里摆满了花啊！

董秀丽在镜头里摆着各种姿势，天真的笑容和美丽的绣球花一起在阳光下盛开……

第二章　小镇缝补人家

民间说将娃儿的裤子倒挂在门后，就能把睡倒的习惯给改过来。试了，不管用。洗澡，抱她，都我一个人，连我妈都不敢弄，老人家跟我讲，这娃儿就跟一件特别容易碎的珍贵瓷器！一岁多时，买了棒子骨熬汤，用汤煮稀饭，加蔬菜，增加钙和维生素。有时也买虾给补锌……功夫不负苦心人，这娃儿进幼儿园起，每个学期都被评为乖娃娃。喏，这屋子的墙上，全是贴的她得的小红花奖和乖娃娃奖。

——采访手记

丁字路口开小超市的李泽翠，带着我们顺着渔子溪河边，朝映秀街口方向走了约莫几分钟，便到了在镇上帮人改衣服的程良芳家。

四十多岁的程良芳是重庆人，虽然嫁来映秀有些年头了，但重庆人豪爽的性格没变，当李泽翠向她说明我们要采访她后，坐在缝纫机前的程良芳并没有停下手中的活儿，她扭头看了看墙上的挂钟，应允道："只能讲半个小时。"然后补充道，"四点四十五分我必须去幼儿园接孩子。要不，你们等我回来再接着讲。"

"四点四十五分？"我轻轻念叨着，"晚一点都不行吗？幼儿园的老师就这么没耐心，可不可以叫哪位邻居帮忙接一下呢？"

一旁的罗鸿说："向老师你不知道，幼儿园老师责任重大，一不小心出了事就无法弥补了。现在，老师都不敢轻易放行。"她讲起了去年冬天发生在一家幼儿园的事故。有户人家的小孩一直是爷爷奶奶在接送，那天，孩子的妈妈去幼儿园提前接孩子，孩子欢呼雀跃地喊着妈妈就跟着走了。老师也没有多想，哪知道，那个妈妈跟孩子的爸爸在情感上有什么纠葛，一时想不通，竟然带着孩子去跳河。妈妈打捞上来，已经停止了呼吸。孩子的尸体却一直没有找到……爷爷奶奶悲痛欲绝，到幼儿园找老师，说是孩子一直是老两口在接送，怎么能交给他妈？

"哦——"罗鸿的关于孩子出事的讲述让我感到了问题的严重性，我在心头对自己说半个小时后就提醒她去接孩子。"那就先讲半个小时，等你接孩子回来再接着讲。"

程良芳点点头说："我们家孩子，只能我接，我给老师说过，任何人不能接走的。"她说。去年冬天，都江堰和映秀这一带在风传有人偷孩子，事后知道是谣言，但当时她心里比任何人都紧张，她十分在乎这个来之不易的孩子，谁去接，她都不放心。不管刮风下雪，每天四点四十五分她会准时地放下一切事情，骑上电瓶车，朝幼儿园奔去。从家里去幼儿园，大约需要三分钟。幼儿园四点五十放学，老师带着排好队的孩子出来，老远就能看见自己的孩子，她会感到心安，一天的疲劳会瞬间卸下。

"从哪里讲起呢？"程良芳看我一眼，"好吧，就照你说的从地震后怎么怀孩子讲起。"地震时，两个女儿，老二遇难，老大活了下来，今年27岁了。家里遇难四个，程良芳的父母，她老公的大姐，还有他们的二女儿。二女儿走后，打算再生一个。地震后三个多月后，9月份怀上，一个多月后去映秀医院检查，没有胎心。又跑成都妇幼保健院检查，还是没胎心，没法子，只好处理了。她当时呢，都快40岁了。

一年以后，2009年，又怀了第二个，快两个月时，去医院检查，还是没胎心！连续怀了两个，都没成功，这下子她完全失望了！看来这老天爷是不让她再有娃儿了耶，那就算了呗。老公的姐姐也说，算了，你懒得折腾了，就不要了呗。可老公呢，却还是想要，总念叨，咋个都得生一个。没办法哦，那就想法子再生吧。就在这时听医生说，做了造影（输卵管造影）容易怀上，就跑成都医院去做造影。

做了之后，她还真的就怀上了。

三个月后，去药店买了张试纸，一试，有了！

41岁了呀，终于又怀上了！这回可不敢再疏忽了，就严格按照医生说的，一个月到医院检查一次。

五个多月去医院打四维彩超。彩超出来，胎儿有1斤重了。七个半月后又去打了B超，胎儿有3.2斤了。医生跟她说，你这胎儿有点小。鉴于你有妊娠糖尿病，为保险起见，要输氨基酸，人体白蛋白之类，总之得增加营养。吃东西呢，不能吃油腻的，不能吃糖分重的。水果只能吃猕猴桃和火龙果。猪肉要少吃，可以买点虾来吃。一切按医生说的做吧！做了后，这妊娠糖尿病也不见好。"不见好？那是你做得还不够好。"那医生说，"那你就别回去了，就在医院住下来，你这妊娠糖尿病要打胰岛素呢。"这样，她就在都江堰妇幼保健院住下了。住了一个星期，胎儿生长还是不明显。医生说，你这娃儿生下来怕是小得很喽。为防止意外，医生建议去华西医院。

在医院安排下，她和肚子里的孩子，被救护车送到了省内最好的华西医院。

华西的医生，先用听诊器听了，说是没有胎心。孩子明明还在肚子里拱的嘛，她说不可能吧？听她这么一说，医生们赶紧将打B超的机器推进病房。B超打了，还是没有胎心。她这下心头就打鼓了："坏了坏了，糟了糟了！"

后脚开车赶来的老公，慌忙中把车随便停在了医院门口，从病房出来后，车被人拖走了。违章停靠呀。车找到了，交警教育老公时，听说是从

汶川映秀镇程良芳和她的两个女儿
（大女儿生于地震前）

灾区赶来再生育的，轻描淡写地说了几句，放行。

到了晚上，胎心突然就有了！大概是上天看这一家人太过着急不忍心呗。要不，就是老公一路急扯火燎赶来医院感动了上苍吧？

在华西住了一个星期，肚子里的胎儿仍旧没有明显长大。为防止意外发生，怀孕到36周，提前一个月，剖腹产了。剖腹之前，医生跟她说，剖出来是个啥子就是个啥子。瞧这医生话说的！话虽如此，可心头总是有些担心：万一不正常呢？她口头上却对医生说，肯定还是个人噻，肯定不会是个其他东西噻？然后转向一旁的姐姐，打B超的时候你看见了的，是个人吗还是个啥子？姐姐说，是，是个人。就像明红（老公何明红）那个样子。听姐姐一说，她才彻底放心了。只要是个人，生下来她就把他给带好！其实，打B超的时候就不顺，打多长一截，又没得胎动了。估计是脐带把胎儿给缠绕住了。

得赶紧剖腹！

医生交代：晚上十二点后就不要吃东西了。可直到第二天下午四点多了，胎儿才给剖腹出来。昨晚十二点到今天下午四点多，十六个多小时，没有吃任何东西，只输了点盐水。胎儿在时，肚子还鼓鼓的，胎儿剖出来后，这肚子一下子瘪了，像泄了气的皮球。突然瘪了的肚子感觉饿得慌！

正想着叫人给弄点吃的,那剖腹抱出来的娃儿"哇"的一声哭了,这哭声在程良芳听上去简直就是美妙的音乐!不不,比美妙的音乐还管用,那一刻她突然又不觉得饿了。你说怪也不怪?

"哦哦哦。"产科医生抱着孩子,边嘴里"哦哦"着,边将手头这可怜见的小不点送去了恒温箱。

那一刻,抱在医生手头的娃儿像一块巨大的磁铁,吸着家人跟在医生屁股后边尾随而去。

手术室里,撇下她孤零零一人。

娃儿是男是女,不晓得。几斤几两重,也不晓得。到了第二天,医生才告诉她是个女孩,重3.6斤。护士抱了这娃儿给她看时,她的眼眶再一次湿润了!老天爷终于又让她当上妈妈了耶!

娃儿生下来,喂母乳。初生婴儿嘴上没有劲,得靠吸奶器将奶吸出后,才能吮吸,而吸奶器又不大好,吸起来困难,由于吸得不及时,一个星期后,奶就回了。从医院回到家后,就没有什么奶了!人家说花生米炖猪蹄发奶,炖了吃,没用。又说墨鱼炖鸡,买来炖了,还是不见效。小米熬粥吧,仍旧不管用。啥子法子都试了,还是没奶。算了!只好喂奶粉。

这个小不点也遭孽,生下来基本上没吃上几口奶。

买奶粉,牌子货的,雀巢奶粉,医生给推荐的。一次吃20毫升。由于吃得太少,吸收又不大好,为了帮助吸收,医生给开了薄荷水。每次喂奶粉,就滴两滴。喝水时呢,也滴两滴。几天后,才加到25毫升。以后,又慢慢加到30毫升、35毫升、40毫升。只是在医院住的14天里,这娃儿哦,一两也没长。

"还是5元吧?"这时,有人来取改好的衣服,那人拿了改好的裤子,问程良芳。

"还是5元。"程良芳说。

"她衣服改得好,态度又好,收费还不贵。"一旁陪着来的李泽翠说，"这条街上有三家改衣服的，数她的衣服改得最好。"

"都是老熟人，老顾客了，只能做好，不能做坏噻。"她说。

"改衣服通常是大了的给改小，小了的放大就麻烦。"我接过话题，"改衣服的一般不给改呢。对了，你一个月改衣服能挣多少？"

"对呀，改小容易，改大难哪。"程良芳看我一眼，"要吃饭哪，还能怕麻烦？再说，都一条街上住着，就更不能嫌麻烦了。"一顿，"不多，平均一个月五六百元。"之后，又开始说娃儿。

从医院回来，慢慢地，喂娃儿的奶粉加到了一次60毫升、70毫升、80毫升，一岁后吃到100毫升。这100毫升呢，就一直吃到两岁时断奶。其他娃儿些，就比她要多吃二三倍的量。她一岁多时，就给买了棒子骨熬汤，用汤煮稀饭，饭里加蔬菜，增加钙和维生素。有时也买虾，补锌呀。现在看来，那时的辛劳总算没有白费，这娃儿头发长得好，皮肤也好。

当时生下来，医生就说，唉哟，这娃儿小是小，精干得好（重庆话，长得好）。

精干是精干，可却把她这个当妈的磨得够呛。不仅吃东西不长肉，还老吵。尤其是满月后的那一个月，晚上不睡，白天睡，不睡不说，还吵。觉睡倒了。民间说将娃儿的裤子倒挂在门后，就能把睡倒的习惯给改过来。试了，不管用。去医院查微量元素，又啥都正常，啥都不缺。洗澡，抱她，都是当妈的一个人，连孩子她外婆都不敢弄，老人家跟她讲，这娃儿就跟一件特别容易碎的珍贵瓷器，稍微不注意就会坏在自家手头！他们害怕弄，就只有她程良芳一个人弄，一天下来，腰酸背痛得都直不起来了！好在这时间不算长，头一个月过去后，慢慢地就好了。唉，现在一切都过去了！也许是小时候太不好带了吧，现在反而很少生病了。还有呢，可能因为小时候太难带了吧，娃儿进幼儿园起，每个学期都被评为乖娃娃，这也算是对她这个当妈的一种补偿吧。

"喏，这屋子的墙上，全是贴的孩子得的小红花奖和乖娃娃奖，有好多张哦。"说起小女儿获奖,程良芳的脸上溢满了幸福,"哦,这娃儿特别喜欢跳舞。"

又是一个喜欢跳舞的!在我的印象中,大多数女孩子都喜欢跳舞。"跳舞能锻炼肢体的灵活性和柔韧性,还能使形体优美。"我说。

"这我倒没去多想,反正孩子喜欢就让她跳吧,能锻炼身体,身体好了,疾病就少啊。"程良芳眼睛盯着墙上的奖状。

墙上挂着四张奖状,全是小女儿何美霖的,其中三张是被评为年度乖娃娃的,另一张是在儿歌朗诵比赛中获奖的。年度乖娃娃奖分别是:2014—2015年度;2015—2016年度;2016—2017年度。小红花呢,大约数了下,有二十多朵呢!

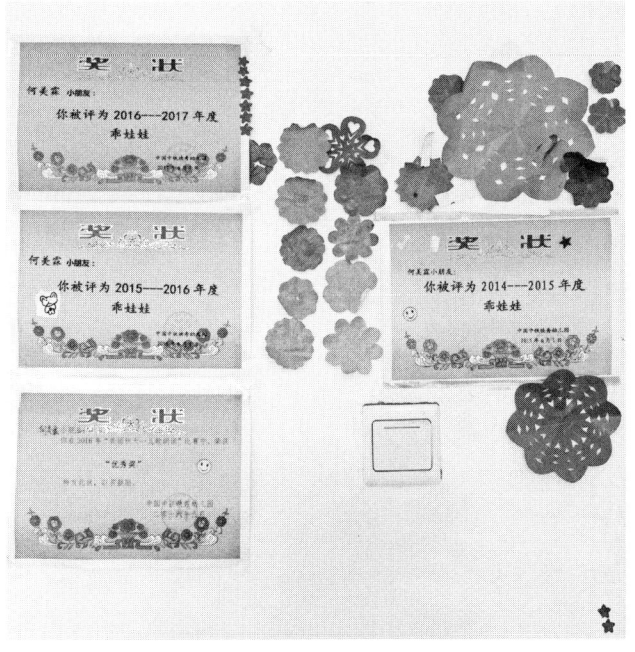

程良芳屋子里的墙壁上挂着小女儿何美霖的奖状和小红花

听我夸孩子，程良芳的脸上绽出了花，这使得原本漂亮的她更增加了几分靓丽。老公原先在茂县打工，一个星期回家一次。有了这个小的，不想走远了，正好这边的一个水电站需要一个开车的，他就回来了。今年过年前调这边来的。现在每天回家。钱挣得不多，但可以每天同家人见面，尤其可以看到娃儿。

"一家人能天天在一起，是一件很幸福的事呢！"我说。

"哦哟，我得去幼儿园接娃儿了。"程良芳抬起手腕看了一下表，"不然就晚了。"

你快去吧，我说。目送着她出门。

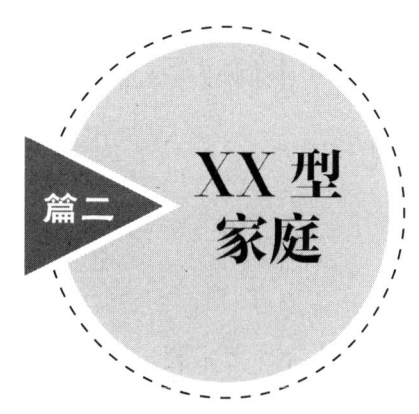

篇二　XX型家庭

第一章　羌族妈妈与她的孩子

> 妈妈："甜甜，你们老师是不是因为我来接你迟到了，不安逸我？"甜甜咬着嘴唇考虑了一下，说了："她总是没听到嘛！"
>
> ——采访手记

"秦一怜？"我说。然后在采访本上写下这三个字，递过去让她看。

"对呀，就是这三个字。"秦一怜说。

我下意识地摇了一下头，心头在说：这名字与你的外貌好像不符？面前的秦一怜：齐耳短发；蓝白相间的短袖T恤、蓝色短裤。她的这身装束让人想到海军军营里那些服役的女军人。一句话，面前这个叫秦一怜的年轻妈妈给我的印象是充满生机和活力。好像，又不仅止于此？

果然。接下来长达两个小时的采访大体印证了我的推测。

秦一怜是羌族人，24岁结婚，结婚当年就有了孩子。如果没有"5·12"大地震，她先前那个孩子有12岁了。

孩子遇难后，她同以前的老公双方一时都不能接受，无法从阴影里走出。不是不想走出，而是一时很难走出，走不出来就无法重新开始新的生活。

秦一怜说，她当时确实有些不够理智，很责怪婆婆，心想如果不是你非要在孩子还在睡午觉时，硬把他拉起来上幼儿园，孩子就不会死！你可以给老师打电话说一声呀，晚一点送不就行了。他奶奶经常在娃儿睡午觉时硬把娃儿拉起来送幼儿园。没办法，人在悲痛时看问题容易走极端。娃娃走了后好长一段时间，我都偏执地认为，要是他们听了我的，娃娃就不会遇难了。

这件事过去很久，她才逐渐改变了这一看法。但心头多少还留有阴影。直到重新组建了家庭，才开始比较理智地来看待这个问题。秦一怜现在老公的孩子也是在地震中遇难的。

走了的儿子同秦一怜感情很好。大家常说他们像姐弟俩，还有的说像恋人。秦一怜自己更倾向于像恋人。可不是么，儿子依恋她，她也依恋儿子。当然，他们母子依恋的程度和意思不一样。儿子的依恋是对母亲的依恋，秦一怜的依恋呢，是因为儿子确实很乖，而且常常与她心有灵犀，能感应到她这个当妈的一些想法。

秦一怜说自己读过一些哲学方面的书。她不相信天堂地狱，但相信能量不灭定理，相信人的灵魂存在。她说人有前世今生，与世间的所有生物一样，一定有某种信息，某种物质，像太极一样不断循环，而不会结束。

她至今觉得自己能够活下来，是儿子救了她。

"5·12"之前，北川就经常地震，震级不大，但随时都有。因为地震成了常态了，所以政府有关部门就有些防震的常识。地震发生前一天晚上，儿子手头拿了一把小扇子，扇子是秦一怜供职的北川县人大发的，扇子上面印有防震知识。那一刻秦一怜正在看书，孩子拿着这把扇子喊："妈妈妈妈，你看嘛。"她瞟了一眼，就看清了"就近躲避"这四个字。

"5·12"当天，《农民日报》的记者来采访，领导安排秦一怜接待，并交代中午去羌山小茅屋订餐。她呢，一来因为跟羌山小茅屋老板不熟，二来呢觉得那儿的菜不好吃，于是擅自做主，在这边紫金山庄订了餐。幸好这个擅自做主，不然，他们这批在羌山小茅屋吃饭的人，饭没吃完就得去阴曹地府报到了。那些在羌山小茅屋吃饭的全部遇难，一个也没能跑出来。在紫金山庄吃完饭，秦一怜回办公室打电话，正打电话间，头顶上的天花板就"轰"的一声砸了下来，面前的饮水机跟着也倒在地上。

情急之下，秦一怜头脑中只有儿子头天晚上让她看的那句话"就近躲避"，于是赶紧钻到办公桌底下。

秦一怜上班的办公楼六层，墙从第三层拦腰折断，她刚好在第三层，一二层沉到地下后，第三层就成了地面上的第一层，她蹲在桌子下，桌子露出了地面。上天！这简直就是天意，不，这简直就是儿子救了她！那一刻，她真真切切地感受到，是儿子那句叫妈妈看的"就近躲避"的防身措施救了自己！如果不是儿子，慌乱中的她完全可能选择逃跑，一逃跑就完蛋了。

地震之后好长一段时间，秦一怜说自己都缺乏活下去的勇气。她始终认为，一个人寿命的长短，上天是有安排的。人既然来到这个世界上，就应该珍惜上天给你的这条生命。她能在地震中幸免于难，靠的是儿子临走前的提醒，救了她的儿子肯定希望他的妈妈好好活着。这样一想，她也就豁然开朗起来。今天的人喜欢说，茫茫人海，你与谁牵手是命定。那么，世上众多孩子，谁能成为你的那一个，你又能成为他或她的母亲或父亲，自然也是命定无疑。虽然儿子过早地离开了妈妈，但他一定是来报恩的。她必须活着，为了报恩的儿子好好活着！

到了也去同他相逢的那一天，她要把这个世界上所有美好的一切告诉他：人不管在怎样的情况下，还是要坚持，因为活着总是美好的，生命总是世间最可贵的。

儿子的问题倒是想通了，但与儿子的亲生父亲之间的那道坎却总是过不去。

地震过后，秦一怜同前夫几乎一直处于冷战中。他们之间互相不说话，各干各的，谁也不搭理谁。冷战一段时间后，她跟他提出离婚，他起初不同意。他不同意，她就提出再生一个孩子，他也不同意。

后来才知道他不同意是另有原因,是外面有人了。

冷战几个月后,拖到2009年6月,两人离了。

离婚三年后的2012年,秦一怜重新组建了家庭。现在的老公叫唐勇,也是羌族,比她大四岁,在一家企业上班。

唐勇跟秦一怜情况相同,也是娃儿在地震中遇难了。

秦一怜说,她跟唐勇结婚的最初愿望就是要生一个孩子。

结婚几个月后,怀上了现在的女儿。2013年1月,女儿出生了。

随着女儿的出生,秦一怜的心情开始明朗起来。人嘛,只要在大灾难面前没有死掉,那就必须面对眼前的生活,不管生活向你呈现的是一副什么样的面孔。以前也许有很多好或不好,现在也有很多好或不好,但两者无法进行比较。以前由于喜欢儿子,再生时她希望还能够生一个儿子。生下这个女儿后,她也就开始喜欢上了女儿。在秦一怜看来,儿子与女儿表达的方式不一样,从他们身上可以体验到不同的美好。

罗鸿在采访羌族妈妈秦一怜(化名)

以前的儿子，跟她像姐弟。现在这个女儿呢，特别黏她，也特别在意妈妈对她的感受，只要当妈的稍微不理她（有时因为忙顾不上），女儿就会问，妈妈你不喜欢我了吗？

以前的儿子，性格内向，但心里很有数。她的一个动作，一个眼神，他都能理解。现在的女儿，要外向一些，理解力也相对差一点。也早期教育呀，她才几个月时，秦一怜就开始同她交流，用很平稳的口吻，跟她讲自己见到的事情。虽然她不会说话，但她在听，而且肯定听得懂。

"这我相信。"我说。当年我儿子四个月，因为喂他吃了桃子，又喂开水，结果拉肚子，住进了医院。打吊针时他老是动来动去的，为了让他安静下来，我拿了一本带图的动物小画书，放在他眼睛看得到的地方，一字一句地跟他讲动物的故事。他呢，看着书上面的动物眼睛发亮，看着看着就安静下来了。两三个小时呀，真不容易，如果不是听懂了，他会安静得下来吗？

对呀，秦一怜表示赞同，然后继续着她的话题。

现在的女儿呢，每天晚上要睡觉前，躺在床上就跟她说，妈妈你给我摆下条（绵阳话，摆龙门阵）嘛。小时候呢，是看到什么就跟她讲什么，现在嘛，主要是针对她生活中遇到的问题给她解答。就说今天早上吧，她起床后说自己不想去跳舞，也不想去上学。她跟女儿说你先把牛奶喝了。女儿就跟她讲条件说喝了牛奶就不跳舞。她告诉女儿：喝奶跟跳舞是两回事。女儿为什么突然就不想去跳舞了？原来，上周她没在家，秦一怜她妈说，这女娃不想跳舞是因为老师批评了她跳舞不认真。弄清楚后，她不跟女儿提老师批评这件事，只问女儿喜欢跳舞不？女儿还是说不喜欢。看来孩子对批评也是不乐意的，因为她知道女儿是喜欢跳舞的。她又说：那天你在妈妈手机上看跳舞的视频《虫儿飞》，还一边看一边认真地学呢！还说那个小朋友的舞蹈动作那么优美，说自己也想跳得那么优美。你还说那个小朋友翻跟斗，溜叉子的动作做得多好的。

"那你羡不羡慕人家？"她问女儿。女儿说羡慕呀。"那你想不想像人家那样做？"女儿说想呀。她跟女儿说你如果不去跳你就做不来这些动作。女儿说等二天长大了再去学。她说你天天练的时候弯腰是不是要容易些？女儿一想是呀。几天不练弯腰就要难一些？女儿再想对的呀。

末了，她跟女儿强调指出："如果现在你不天天练，以后想学就来不及了！"女儿听了这话没再说什么就出门跳舞去了。

在教育孩子问题上，唐勇就比较简单，一旦孩子不听话，他就会简单粗暴地说："打呃。""抖呃。"这可能跟他在企业有关，在企业干活讲究干脆利落。还有，他也不咋懂怎样同女儿相处，父女俩在一起时，他就只顾玩他的手机。女儿在旁边把什么东西弄坏了，他就只会凶只会吵。

显然，在机关部门工作担任领导职务的秦一怜，与在企业工作的唐勇在教育孩子方面存在着明显的差异和分歧。秦一怜、唐勇，这两个在地震中均属于丧偶失独的人，他们重组的家庭属于遗传学中的XX型，是灾区重组四类家庭中矛盾焦点最集中的一类。加上双方职业、文化，以及情趣爱好方面存在的差异，使原本相对集中的矛盾焦点就显得更为突出。且看眼前身处XX型家庭主要成员一方的秦一怜，她是怎么处理夫妻在教育孩子问题上面的分歧的。

在家庭中，一个孩子的成长，既不能缺少了母亲，也不能缺少了父亲。母亲身上更多细致和关爱，父亲身上则更多坚强和担当，缺少了任何一方，孩子的成长都是不完整的。而陪伴孩子，不只是跟孩子在一起就算完成了陪伴，更重要的是要站在孩子的角度和维度去跟他玩耍和交流。在评价孩子对与错上头，秦一怜说自己总是多发现孩子的长处，尽量不当着孩子的面说他不好。

"孩子的角度和维度？你这话说得好！"我说。

秦一怜有点得意，对呀，不管是父亲还是母亲，你只是人在孩子身边心却不在，那不能叫真正的陪伴，只能算陪同。都说父母是孩子的第一个老师，这第一个老师不是要你教给孩子多少书本知识，那是学校老师的事，你的责任是要教会孩子怎样从容面对挫折，怎样快乐而健康地生活。

"你爱读些什么书？"面前这个再生育的年轻妈妈的一席话让我生出些许敬意。

"凡是能打动我的，经典的，古今中外的，历史、政治、宗教，比如《宇宙的起源》，生命的探秘之类，我都爱读。电视喜欢科教类的片子。"秦一怜说她去一个景点旅游，通过看（自己眼光看）和听（听导游讲解），去了解这个景点的历史和未来，在这个基础上去思考景点服务与现实的关系，等等。对那些名气很大的风景名胜更是如此，绝不会人云亦云。她说这可能跟在旅游局工作有关。

以前（以"5·12"为时间界点）别人告诉什么，会很容易往一个方面想，有点一根筋，现在呢，看问题和思考问题，会客观全面些了。再有，在地震之前，她往往用自己的观点、立场和准则去要求别人，并且只用自己的办法去解决问题和处理事情。现在不同了，她会针对不同的人、不同的事用不同的方法，但标准并没有因此而降低。拿对待女儿父亲这个问题说吧，她晓得他认识和水平就这个样，当双方产生矛盾和分歧时，放以前她会针尖对麦芒，现在则多了一些宽容。她晓得自己该怎么做就可以了，而不是非要去改变对方，再说改变一个人也基本上不可能，只能影响，这种影响聚集得多了，其实也是一种改变。这，也许是亲身经历了"5·12"才有的"副产品"吧？

好个"现在多了一些宽容"的秦一怜！好个"影响聚集多了其实就是一种改变"！我在心头赞同之余，不禁向秦一怜投去赞许的一瞥。"这是经历了'5·12'才有的'副产品'。"我哑摸着秦一怜这句话，"说得好啊，地震的'副产品'！"

也是啊，百年难遇的"5·12"。这场对家庭对国家对民族都堪称大灾难的地震过去九年多了，用九年多的时间酿一瓶酒早已酿成好酒，何况是

"酿思考"——思考生活思考人生，用失去骨肉亲情为代价换来的大思考何其厚重！

秦一怜赞同地看我一眼。

你刚才说你"'再婚的时候，主要因为想要娃娃。'你老公的知识结构和知识储备都不如你，你有没有考虑过这教育孩子的事两个人怎么分担？"

秦一怜看我一眼后，把眼光看到别处，这样的肢体语言告诉我：思维丰富的女性与思考简单的配偶之间的不和谐。"人生本来就没有完美，也许一个父亲这方面的缺陷，会激发他另外一方面的能力。比如，他也很赞成我的观点，但他对我妈的观点不太赞同。我想他对我的认同（对方具备的正是自家所欠缺）也算是一种主动激发出来的能力吧。要说他也很不幸，他的父亲在地震中罹难，他的母亲在地震前就去世了。"

我再次为秦一怜的包容和同情点赞。

现在这个女儿与以前的儿子相比，自信心要弱一些。比如，每当批评她的时候，她就很担心地说：妈妈是不是不喜欢我了？她就告诉女儿：你做错了事妈妈不开心，而批评你是让你下次不这样做，你改正了妈妈就更喜欢你了呀。

家庭饭桌，是孩子性格脾气展现充分的一块天地。女儿有时吃饭，吃了几口就说不想吃了。你问她吃饱没有她说吃饱了。吃饱了是吧？那好，等会儿出去就不能要任何东西哦，不能又要奶，又要糖的。女儿一看这招不灵，只好端起碗来"那好嘛我吃嘛"。其实她根本就没吃饱。她是想着要零食才说吃饱了。识破了她的小伎俩却不吵她吼她，而是心平气和地坚持定下的"吃饭时必须好好吃饭"的原则，这就叫温柔的惩罚。继续吃饭的女儿又说了，"那我吃完了饭还能不能吃其他东西？""呃——"她想了想说睡觉前可以喝点奶，这叫适度给予。毕竟是几岁的孩子嘛，喜欢吃零食也是正常。

其实教育孩子和被孩子教育，有时也是相互的。有一次她去幼儿园接女儿，去晚了十来分钟，老师已经将孩子送到校门口了。她察觉到老师不高兴，就跟老师说对不起，今天有事来晚了。可老师对她说的话好像根本就没听，眼睛只顾往她身后看，有辆车子停在那儿。这个老师从她身边过去，打开车门，车子一溜烟地开走了。

秦一怜眼睛看着开走的车子，怀着忐忑的心情跟女儿说："甜甜，你们老师是不是因为我迟到了，不安逸我？"

女儿没有直接回答妈妈的话，而是停下来咬着嘴唇思考了一会儿，然后说了："她总是没听到嘛！"

听了这话，她马上释怀了，一下子笑出声来：在这件事上我怎么就没有女儿的智慧呢！我为什么没想到是那个老师没听到呢，为什么要去钻牛角尖？

打这以后，围绕一件事情，她会考虑从哪个角度用哪种方法去处理更有效果？更能起到积极作用？尤其是面对一件棘手的事情时，尽量让事情朝稍好的方面发展，而不让事态继续恶化。

对几岁的孩子来讲，家庭是他的第一所学校，父母是他的第一位老师，比如女儿她爸爱发火，她对此又改变不了，那她就在一边告诉女儿：你看你爸发火把自己气得多么恼火，又不能解决问题，还会让别人不喜欢。你以后可不能轻易发火哦，要学会控制。

为了培养女儿独立，四岁起，她开始跟女儿分床睡，当然，是循序渐进。一开始她跟女儿说，你先睡，妈妈还有其他的事情。慢慢地，女儿就能自己睡了。刚开始个人睡时，女儿跟她说："妈妈莫关门，把门留点缝缝。"

她从不骗女儿，即便像出差这种事，她也会提前告诉女儿，说妈妈要出差几天，你在家要乖要听你爸和外婆的话。女儿在家果然就很乖。她出差回来呢，会给女儿带一件小礼物作为表扬。

女儿受她影响，除了喜欢跳舞，也喜欢看书，看公主一类的书，比如，茜茜公主啦，莎莎公主啦。公主类的书看多了，就有了公主情结，爱以貌取人。一次，她去幼儿园接女儿，女儿班里一个同学喊她，她不理人家。开始认为是女儿没听见，连续几次后，她觉得不是这么回事，就问女儿为什么不理人家。你猜她怎么说？"她说她不漂亮，我不喜欢她。"她就跟女儿说，可不能以貌取人哦，这很不礼貌。也有女儿跟长得漂亮的同学打招呼，人家不理她的时候。这个时候，秦一怜就跟女儿说人家不理你就算了嘛。女儿却说我喜欢她嘛她长得漂亮嘛。她就跟女儿说看人不能只看漂亮不漂亮吧？不漂亮有礼貌的比光是漂亮没礼貌的是不是好些？还有呢，一个人漂亮不漂亮跟聪明没关系，跟跳舞跳得好坏也没关系，跟善良更没有关系。女儿歪着脑袋想了想觉得好像是这样的呀。

女儿爱交朋友，经常跟妈妈说她的好朋友这个那个的。性格好强的女儿有时爱大声说话，命令其他小朋友。弟弟的儿子比她小一岁，同她一起玩的时候，她就抢人家的玩具。秦一怜跟女儿说，你想要玩人家的玩具，可以拿你的玩具同他换呀。讲了几次之后，她就会对弟娃说，我这个好好耍哦。弟娃经她一说，就动心了就会主动同她换。相比之下，走了的儿子呢，则要让得人一些。儿子三岁多那一年，秦一怜的弟弟在地震时遇难的女儿，跟在他屁股后面旋着玩。他在前头拿把小锄头挖地，后头这个小一岁的女孩，一掌就把前头的给打倒了。前头那个爬起来，也不冒火，继续挖他的地。后面又是一掌，又把他给推倒。他再次爬起来，看一眼身后两次推倒自己的女娃儿，换一处，还挖他的地。

"他不得冒火，不是因为他没脾气，而是因为他知道推他的人是家里人。"秦一怜说，"换了外面的那可不得行。"

"是这样噢——"我说，"三岁多的孩子就能分得清楚家里人与外边的不同。"

回头再说弟弟的现在这个娃儿吧。这个孩子性格过于温和了，他玩的玩具被人抢了，他像无所谓一样，你抢了，我就耍其他的嘛。这样也不行，长久下去，这孩子会变得懦弱。如果是他特别喜欢的玩具和东西，被其他孩子抢了，秦一怜就会跟他讲，你最喜欢的东西不能被别人抢了，这是你的东西，你得想办法保护好它！相反，对自己女儿这种自尊心特别强，生性又好强的人，就必须教育她，想要人家的玩具你就得想办法，让人家开开心心跟你交换，绝不能蛮横抢夺。

女儿爱漂亮，看妈妈涂口红，也想涂。秦一怜就跟女儿说："等你长大了就可以涂了。"女儿问现在为什么不能？她说口红里含有害物质，对小孩子发育有影响。但女儿说还是想涂嘛。拗不过女儿时秦一怜就给买了口红糖。

女儿贪玩，每天放了学都要在学校荡一会儿秋千才走。其他班的老师看见了，问她："你是哪个班的，我要给你们老师说。"她小声地说："我是小四班的。"其实她是小五班，她说小四班显然是在撒谎。在秦一怜看来，女儿这种维护集体荣誉带点儿童狡黠似的撒谎不一定非得制止。没必要把少儿教育摁进一块模板吧？

"对呀。"我说，"'人上一百，形形色色。'少儿也是各具性格的。"

"世界上没有完全相同的两片树叶。"秦一怜看我一眼，"这句话是外国一个哲学家说的吧。"

"德国的莱布尼茨。"我说，"所以儿童教育也得因材施教。"

"国家的教育欠缺，家庭教育就必须补上，不然就掉得更远了。"秦一怜感慨道。

第二章　类似爷孙辈的父女

面对灾后再生育孩子的教育，我们这些60后的父母，不像是父子，倒更像是爷孙，这样的年龄差异使原本就存在的代沟更增加了深度。

——北川·陆世华

"二十五年了吧，20世纪90年代的第二个年头，7月26日——这一天我一辈子都不会忘记，我的前妻田定金，在生女儿陆芳时，难产去世。记得当时也是地质灾害，塌方，封路。在乡村医院难产，大出血而死，早上生了孩子，晚上就离开了人世。降临人世的娃儿才几个小时，妈妈的奶都没吃上一口，就永远失去了妈妈。"尽管时光过去了四分之一世纪，但一提起难产去世的前妻，五十出头的北川汉子陆世华的眼里便充满了无尽的忧伤和绵长的怀念。

陆世华跟田定金结婚九个多月，不到一年，时间不长，但两人的感情却非常好。他说前妻不仅相貌好，待人接物也好。她去世后他是万念俱灰。陆世华说主要是对再成立家庭万念俱灰。妻子在世时，陆世华在外面接得有工程。陆芳她妈走了后，他便放弃了所有在外承包的工程，他得尽一个父亲，尤其是单身父亲的责任。

让陆世华欣慰的是，女儿陆芳没有辜负他这个既当爸又当妈的父亲。

向思宇（左）在采访北川再生育家长陆世华

在北川片口乡下读书的女儿，2007年参加全市统一中考，以绝对优秀的成绩，考上了全省，乃至全国都赫赫有名的国家级重点中学——绵阳中学和南山中学，以总分624分居全校第一名，较第二名515分整整多出109分！陆芳因此创下片口乡镇中学中考成绩的历史新高，同时成为片口中学老师们日后教育和激励学生发愤努力的活教材。

选择北川中学，放弃绵阳中学和南山中学，一是出于一定的经济考虑，更主要的原因是离家太远，还有呢，北川中学校长刘亚春的儿子刘清林，也是以绝对优秀的成绩考上国重而留在了北川。刘亚春跟陆世华说，他把自己的儿子都留在了学校，他能不尽力吗？

以前中考分数上了绵阳中学线的都去了绵阳中学，从陆芳和刘清林开始，才有了考上绵阳中学分数线而留在北川中学的。

陆芳、刘清林都是北川中学火箭班的学生。

陆芳进校时，在北川中学全年级排第十三名，一个学期下来，进入前三名。照她这个成绩，考个一本一点都没得问题。妻子走后，陆世华整个的心思都在女儿身上，至于再建家庭的事，几乎很少去想。原因是脑袋里面装满了前妻的音容笑貌，左胸口那块不大的地盘被前妻占着，其他女人轻易进不来。陆世华说，那段时间，只要看到陆芳，就联想起她妈。偶尔也想想女儿考上学校离开家之后的事，换句话说，家还是要成的，但必须得在女儿考上大学以后！

女儿读高一下学期，经陆世华同学段本容牵线，认识了妹妹段本菊。段本菊当时在上海打工。2008年4月底，他去上海她那儿，待了十多天。那阵子，女儿每周都给陆世华打电话。

5月8日晚上，陆芳打来电话，声音流露出少有的凄凉，问陆世华什么时候回去。接到这个电话，他当即决定买车票回去。

他坐的是上海到绵阳的火车，5月12日凌晨到达。

5月12日中午11∶30时，陆世华带着一包卤牛肉和水果，早早等在北川中学校门口。

12点10分，父女俩见了面。然后一起坐车来到北川县城吃午饭。吃罢饭，又一起去车站买了各自回去的票。

陆世华先送女儿回北川，看着女儿乘坐的中巴开走后，他转身上了开往小坝的车。坐在车上，感觉头晕乎乎的，更怪的是，心头竟然蹿出一种从未有过地想要马上逃离的感觉！从车上下来，坐在公交候车室打盹的陆世华，刚闭上眼睛不一会儿，突然，平地里响起一种从未听到过的类似天崩地裂的声音：地震了！

于是赶紧往外走。

车站到北川中学大约两三公里，他先从老街走，赶上余震，脚受伤了，划出了血。

第二次又走到公路那边，大约三四点钟吧，走到老县委门口，碰到北川中学的团委书记蹇绍奇，他的女儿跟陆世华的女儿也是一个班。

与蹇绍奇分手后，他直奔废墟而去，一路跌撞，一路喊叫……

女儿走了。走得太远太远，叫不回来了！

女儿是穿着一双布鞋走的，那是奶奶为孙女做的。就穿一双布鞋呀，女儿长这么大了，因为专注于念书，长相秀丽的女儿很少穿漂亮衣服，甚至没有穿过皮鞋。

女儿遇难后，原本已经从妻子去世后的万念俱灰状态中逐渐走出的陆世华，突然有了一种世界末日来临的感觉！就在这时，北川图书馆馆长李春，这个在地震中被埋在废墟下长达七十五小时，被救援者救出的坚强女人，要送往南京东南大学附属中大医院做臀部肌肉坏死手术。远在上海打工的段本菊，李春的小姑子，成为照顾李春的合适人选。

2008年6月1日，这是一个值得铭记的日子，这个日子有三个人记得最牢，一个是李春，一个是陆世华，还有段本菊本人。

三个人中，感受最深的当数陆世华，在他看来，从上海赶回的段本菊不只"受命"去南京的医院照顾做手术的李春，同时还"授命"于他陆世华：从这一天起，咱段本菊一生一世跟定了你陆世华，并与你白头偕老！

段本菊义无反顾的选择，点燃了陆世华胸中那颗心灰意冷的心：活着还是好，活着才能够做很多的事情，才能够长久追怀早早去了天堂的前妻和离开人世不久的女儿：为了你们母女俩，他陆世华更要活得像个男人！

"好女人哪！"说起在自己人生最低谷时段出现的段本菊，陆世华满怀感慨。

同陆世华一样，地震前的段本菊，也是一个人带着孩子过日子。略为不同的是，一个人抚养孩子的段本菊是去外面打工讨生活，而他陆世华打工好歹在本地。外出谋生难，外出谋生的单身女人就更难。

"现在好了，段本菊终于不再去外面打工了。"陆世华看一眼我们，"我女儿在地震遇难后，我没有垮掉，在很大程度上是因为段本菊，这也是上天对我的眷顾啊。当然，心理疏导也起了不小作用。西南财大心理学教授肖红英、张血曦，他们通过蹇绍奇找到了我。我以前不相信心理疏导,通过他们的心理疏导,觉得这还是一门学科。心理疏导前,失落感很大,觉得老婆死了,娃儿遇难了,我一个人活着还有什么意思?尤其是在女儿走了以后,觉得老天爷太不公平:都夺走了我一个,又来抢去剩下的一个,你让我还怎么活?我又拿什么给死去的前妻交代?反反复复地纠结着这个问题。"

他们疏导他说,人都是独立的个体,前妻的去世不是你的罪过,女儿遇难也不是你造成的。一次次的心理疏导,把陆世华郁结在心头的忧郁释放了出来,心结为之打开,情绪开始好转。

心理疏导后,觉得还是该要个孩子。这以后,便把主要心思用在了要孩子上头。

2010年8月8日,现在这个女儿陆蕊出生了。还有几天,陆蕊就七岁了。

陆世华说作为一个男人,自己有担当。不管是前妻和先前的女儿,还是现在的妻子和这个女儿,他对她们都有担当。在他看来,女人最重要的是善良,男人最要紧的是担当。共产党的创始人之一李大钊不是说过"铁肩担道义"吗?可见担当不只对家庭重要,对整个社会和国家也很重要。在片口老家,重建地震中被毁坏的房屋,从买地基到修房子,再到张罗结婚,陆世华一个人从头忙到了尾。

2009年,新屋建成那天,他一个人站在空空的屋子里,面朝老北川方向,先是跟前妻说了她的丈夫,现在要跟另一个女人开始在一个屋顶下过日子了,并向她保证:会像对待她一样,好好呵护这个叫段本菊的好女人。有了陆蕊后,他又跟女儿陆芳说,你现在有一个叫陆蕊的妹妹了,已经四岁,她长得跟你一样乖,只是爸爸年龄大了,现在教育妹妹有点力不从心,但仍然会尽全力把你妹妹培养成一个对社会有用的人。

第二个女儿陆蕊出生后,促使陆世华对活着的认识有了新的思考:既然生命能够再次得到延续,就必须积极乐观地生活。既然选择了再婚和再生育,那就必须承担所有该承当的责任和义务。提起段本菊和现在的女儿陆蕊，陆世华脸上出现了难得的笑容。他说自己爱孩子，但不惯视（方言，溺爱）。陆芳上初中那年，农历七月二十六，女儿的生日，还有几天就要开学了，他给女儿写了一封信，算是父亲送给女儿的生日礼物。他在信中跟女儿讲述了自己的经历和感受。跟她讲他的希望在哪里，并鼓励她认真读书才能走出片口，将来才能报效祖国。

"这是事实。"一旁的李春插了话，"先前陆芳考上北川中学后，他放弃了在外面搞工程，全心全意照顾陆芳。现在有了陆蕊，他同样舍弃了外面的工程，悉心照顾陆蕊的生活。他从小关心女儿，关心得很细致。我们姊妹几个一到节日，要聚在一起打打麻将，即便差那么一个角，只要女儿在旁边玩耍，他就绝对不参加。他就在一边看女儿跟别的小孩一起玩耍。如果女儿想吃啥了，他会马上跑去买。哪怕是晚上，再晚，他也会骑了摩托车出去给买。"

对于嫂子的当面"揭短"，陆世华憨厚地笑了笑，他看对方一眼后，继续跟我们说着再生子女的再教育。他说对现在的女儿陆蕊，不希望她只学会一加二等于三，他要她快乐，要她学会玩耍，但不允许她玩手机。前一段时间，忙于帮全哥家修房子，顾不上管，女儿一度沉迷于玩手机。还好，她妈，就是段本菊很配合。说到手机，确切地说是电脑网络，在这一点上父母跟现在的孩子有些脱轨，因为基本不懂，所以很纠结，既希望他们能熟练地使用电脑，又怕他们沉迷电脑。由于不懂，孩子在电脑上操作，像模像样的，你还真不好区分是在正常操作呢还是在玩游戏？懂就好办，就可以适当控制呀。不过女儿眼下还小暂时还不会让他在这方面操心。为了早一些防止这种现象，除了规定不许玩手机，在女儿入学的第一天他就定了规矩：尊敬老师，团结同学，积极参与学校的所有活动。

陆世华说自己困惑的是对教育孩子的成长没有更多办法，好在孩子心头有什么想法愿意跟他讲，也愿意跟她妈讲，或许这就是他不仅不反对她玩耍，还支持她适当玩耍的结果吧？陆世华看我一眼："说到望子成龙成凤，我想多数家长都有这个想法，只是要想付诸实现却不是人人都能够的。"

"对呀。"我说。成就这样的想法，在孩子求学期间需要三个方面的合力。第一，孩子自身努力；第二，家庭的影响；第三，学校的教育。走上工作岗位后多了领导同事，以及他所交往的人际关系等社会性因素。简言之，一个人的成长和成就不是孤立和单一的。所谓谋事在人，成事在天，讲的就是这个道理吧。

陆世华赞成这一说法。他说如果把以前的女儿陆芳与现在的女儿陆蕊做个比较，当初对陆芳付出很多，陆芳也争气，那个时候有精力。现在要为陆蕊付出很多的想法依然存在，却有些力不从心了。这种力不从心呢又分两个方面，一方面是自身精力不如从前，另一方面是网络时代节奏快，快得来让他们这些原本该是再生子女爷爷辈的人做了父辈，跟不上啊。

在教育孩子上头，当今社会普遍存在这么一个现象，就是乡村的孩子想法进县城，县城的去地市。北川就有一些家庭想方设法把孩子弄到绵阳上学。这种现象集中反映了当代中国教育城乡之间的突出差别！陆世华说他不想赶这个时髦，不赶时髦不是没这个能力，也不是缺这点经济实力，他的看法是，小学是起步阶段，这个阶段最重要的是让孩子学会勤劳，懂得吃苦。相对城市，乡村，尤其是条件相对艰苦的乡村具备培养这个品质的环境。孩子学会了勤劳，懂得了吃苦，对今后的学习肯定是有用处的。从这个角度考虑，他决定就让女儿在片口上小学，进初中后再弄到北川来。一般来讲，好一点的学校对孩子学习是要好些，但也不绝对，他先前的女儿陆芳，还是在片口上的初中呢，中考一样上重点中学分数线，还超出那么多！他说自己没啥文化，对下一代的基本教育原则就是：不给留多少钱财，但必须要求品行上没得问题，道德上没得问题。还有，他必须自己养活自己。这一点，是地震后才有的观念。

"最近几年，我一直在思考这么一个问题：现在这个女儿同我相差四十二年,这个年龄差放在过去的农村,那是爷孙辈了,为缩小这差距,我还是不断在学习,也许学习的效果不明显,但只要肯学总比不学好吧。"陆世华说,"像我这种年龄差的家庭,在北川有上千家,新北川能为这上千户家庭提供什么样的教育环境?这个问题促使我思考:我拿什么让现在这个女儿成人?拿什么让她成才?如果现在这个女儿以后生活不幸福,我觉得既对不起遇难的妻子,也对不起在最困难的时候义无反顾地选择了我的段本菊!扩大了来想,那些同样在地震中失去孩子再生育的家庭,也是同样的道理啊。"

面前这个自称爷孙辈的父亲,在经历了两次痛失亲人之后,对重组家庭的不改初心的那份担当,对再生育子女的再教育问题的深刻思考,以及为缩小年龄差距所做的不懈努力让我生出满满的敬意。于是我对他说:"你已经做得很好了,你没有必要再苛求自己。作为普通人,只要我们努力去做了,至于结果就不那么重要了,你说呢?"

"也是。"陆世华说。

第三章 "谢"老板与做试管婴儿的妻子

> 小女儿上幼儿园后,他就提醒妻子把孩子打扮得漂漂亮亮的,别人有的,不能让自家孩子没有。哪怕父母吃的穿的不如人,也不能让孩子因此产生自卑感。
>
> ——采访手记

他站在街的这头,目光呆滞地望着街上的一段,头脑里一片空白。阴森的天空下,大片的废墟仿佛不在,来往呼号的人群仿佛不在,悲恸的天地间,只剩下他一人,茕茕孑立,形影相吊……

乍一看,面前这个眼神呆滞望向已成废墟的大街的人,其近乎冰冷的躯体与僵硬的站立与那些葬身废墟下的死者无异,唯一的是,那两只嵌在悲痛面孔上偶尔转动一下的眼珠,以及从眼眶里流出的已成泪痕的眼泪,证明这是一个活物。

很久很久。这个活物终于开始蠕动了。很慢很慢,慢得来类似一条遍体鳞伤濒于死亡的蛇……

这条类似受伤的蛇的人叫谢勇,震前老北川县城一家饭馆的老板。谢老板悲伤目光所及处是自家经营不错的饭馆和门口停着的私家车。还有,那比饭馆和汽车昂贵千倍万倍的妻儿……

一瞬间,没了。都没了!

灾难降临前，谢勇在老北川县城开着一家生意红火的饭馆。那时候，很多人都认识他，因为他厨艺好，不少单位、公司领导都喜欢带了客人和下属到他的饭馆吃饭。

开着饭馆，买了一百四十多平方米的房子，还有汽车，他对自己的生活现状很满意。

儿子听话，成绩优秀，十七岁，上高一，个头比谢勇还高。比长势喜人的个头更招人爱的是那青春做伴的好年华。

妻子是贤内助，他掌勺炒菜，妻子招呼客人兼顾管账，可谓夫唱妇随。生意好，两口子忙不过来，店里请了几名小工。生活算不上富裕，一家子的小日子却过得有滋有味。

一家之主的谢勇刚好四十出头，这个年龄正是一个男人走向成熟，领略风光的好时段。热爱生活，喜欢热闹的谢勇，得空时，邀三五好友到家里小聚。此时，精通厨艺的谢勇便系了围裙，下厨忙碌，操瓢烹饪。一阵忙乎后，佳肴上桌，美酒开瓶；席间推杯换盏，餐后唇齿留香——活脱脱一幅世俗川人的幸福生活图！那个时候的谢老板，有几多北川人羡慕啊。

一瞬间，这一切全都化为了乌有！……找到妻子时，她已经去了另一个世界。

比妻子更惨的是他的爱子，连遗体的踪影都没有看到。

至于那一手操持的家园更是深埋废墟之下，连一片纸都没有挖出来……

都走了。空旷的北川，就只剩下了他一人。

还在妻儿走之前几年，他的父母就已告别了人世。

"你们都走了呀，你们走之前怎么不叫上我一声？"他在心头大声喊叫，"同你们一起去了也就省去了活在世上的无尽的悲痛！"那一刻，他真不知道自己该往哪里去？哪里才是他去的地方？！

同是北川遇难的一位中学生家长，说过一句话：小痛是痛，大痛就不是痛了，因为痛麻木了，痛入了骨髓，就失去知觉了。

清醒过来的谢勇，开始为遇难亲人处理后事。他下意识地摸摸口袋，兜里只有买菜剩下的120元钱，只好跑去绵阳的朋友那里借了一万元。然后，一头扎进了处理后事的忙碌之中，忙碌的间隙，剧烈的悲痛如寒风般侵袭全身，哆嗦、痉挛……那光景看上去几近垂危病人。

处理完妻儿的后事，他开始将地震前那些来他饭馆里吃过饭用过餐的单位和公司进行过滤：哪些单位和公司的账结了，哪些还欠着。通常情况下，单位和公司来饭馆吃饭一般半年，甚至一年，他们才拿了账单去单位或公司的财务上结账。店里的账目一直由妻子管着。他听妻子念叨过，那些定点接待的单位的欠账，前前后后加起来有二十多万了，要早点去结了。他没当回事，觉得都是些熟人，都是些有头脸的领导签的单，人家不可能不认账，上门要账像不信任人家似的……如今地震了，账本埋在废墟里找不到了，这账又该怎么结？还有，那些签单的领导，遇难的，失踪的，在异地抢救治疗的……幸免于难的有几个，可这些人目前都在忙灾后重建，忙得没有白天黑夜，咋好现在去找？可不去找又确实拿不出钱买米下锅，他也得吃饭呀。

他硬着头皮去逐个找这些当初签单的领导，那说半句，留半句，吞吞吐吐的样子，不像要账反倒像是来找人家借账似的。有的领导很客气，也非常理解他的情况，跟他说："你说个大概数目，附上发票，该还的一定还你。"有的领导也为难，他们说："没有签字的账单，怎么说得清？"潜台词就是不想结账。还有的领导直接告诉他："我是新来的，前面的情况我不熟悉，你去找别人。"也有些领导说，要结账起码要有个人证物证啊。要说人家说得也没错。只是那个时候人证、物证实在难找，他只好每天厚着脸皮去找领导，找证据……他颓丧地从一处又一处办公区的板房经过，炽热的阳光把他烘烤得唇干舌燥，轻飘飘的没有一点力气，他不知道该往哪里去。前面，等待着他的可能还会是白眼。

奔波一天之后，疲惫不堪地回到驻地，那是居民板房区安了一张床的地方，空荡荡的，不能叫作"家"，也就是晚上栖息的一块地儿。

连续半个多月出去要账，看够了欠账人的脸色，要回来的却不到一半……

这期间，政府鼓励丧偶的重组家庭，经人介绍，谢勇认识了余志凤，她是儿子班上一位女同学的母亲。上高中后，儿子的女同学成绩跟不上。2008年春节后，余志凤的女儿跟她妈提出，坚决不去上学了。余志凤再三劝解，最终拿这个女儿没得办法，只好允许她去江浙一带打工，从而躲过了"5·12"。女孩的父亲却没有女儿的幸运，地震时被深埋在废墟之下……

与走了的儿子同学的母亲认识结缘，也算是一种缘分。两人结婚后，谢勇对余志凤的女儿很好，他小心地呵护着新的家庭，把女孩当亲生女儿般看待。至于能不能再生育一个孩子，他既没多想，也不抱什么希望。这余志凤呢，想法就有点不一样。她想的是，谢勇的孩子遇难了，这种悲痛是局外人无法感受也无法抚慰的。虽说他把她的女儿当成亲生女，但毕竟不是亲生的，怎么也隔着一层，从这个角度讲，无论如何，她都希望自己能为他生一个孩子。尽管，四十二岁的她，身体各方面都不尽人意，又患有子宫肌瘤。差强人意的身体又刚刚经历了一场让人提起就心悸的大地震，身与心毕竟对怀孕生孩子都缺乏充分的准备。

或许由于再生育愿望过于强烈，加上身体方面的原因，愈是想怀反而愈是怀不上。结婚一年都没有怀上孩子的余志凤，心里头那个急啊，如同热锅上的蚂蚁！她怕年龄再大些，那时想怀孩子就更难了，于是就想到做试管婴儿。尽管她听说女人上了四十岁，做试管婴儿的成功率只有20%，但她已经顾不上那么多了，她想得最多的是：说不定自己就在这20%以内呢！

她跑去找医生，要求做试管婴儿。当时，北川有不少再生育家庭，年轻一点的，身体条件好点的，做试管婴儿都成功了，有的还成功地迎来了双胞胎。医生给余志凤讲这些事例，鼓励她要有信心。余志凤听着没吭声，她一方面为那些成功的母亲高兴，一方面又觉得自己希望不是很大。转念又一想，既然医生都鼓励她，那么，这做试管婴儿即便困难再大，她也得咬牙坚持。除了坚持，就是严格按医生的说法去做。

做试管婴儿需要三万到七万元费用。幸好，那个时候，政府有优惠政策：灾区妇女做试管婴儿免费。

要连续打三个月的针。

第一个月，每天打两针；接下来的两个月，每天一针。光是打针这个过程就非常痛苦，但怀有坚定信念的余志凤坚持下来了。

2011年6月，当医生把她成功怀孕的消息告诉她时，那一刻，她甚至不敢相信自己如此幸运：在北川，比她年轻身体比她好的妇女做试管婴儿也有不成功的呀，而她竟然成功了！再次证实之后，四十多岁的余志凤喜极而泣！

小女儿出生了，一切都还顺利。当时，大女儿已经快二十岁了，由二十岁姐姐带出生不久的小妹妹，虽不及妈妈悉心，但多少也懂得照顾，这让当妈的余志凤省了不少心。

谢勇、余志凤这对双方在地震中丧偶失去孩子重组的家庭，属于重组再生育家庭中矛盾交点最为集中的XX型，所幸的是，这个家庭少了同类型家庭中孩子之间不仅有矛盾，且矛盾突出尖锐的烦恼。

"我告诉你一个事情，你的娃儿、我的娃儿，还有，别人的娃儿（应该是亲戚寄养在家的娃儿）一起合起来，打我们现在的娃儿！"话里的"你的娃儿""我的娃儿"就是他们各自原来的孩子，而"别人的娃儿"则是丈夫亲戚家的孩子，由于父母双亡，孩子被这家人收养。这个听上去纠结成一团乱麻的故事是北川老龄工作委员会主任贾德春，在向我讲述重组再生育子女成长中提到的。当我跟余志凤夫妻复述这个故事时，两夫妻一时听得傻了眼。好半天了，他俩才不约而同地说，还好，我们家里没有这样的矛盾和烦恼。

为了让孩子生活得好一些，谢勇重操旧业，与朋友合伙开起了饭馆。起初人口集中，生意还好，忙不过来，但等到新北川县城建成之后，原先开饭馆的地方一下子冷清得没有了人气。他们随大流搬到了新县城，饭馆也跟着搬了过去，但客流量分散，生意还是做不起来。拖了一段时间，只好关门。他去打工，去别的饭馆应聘，尽管也能勉强被聘上，但相比之下，那些饭馆老板更喜欢用年轻厨师。年轻人腿脚快，反应灵敏，而他确实有些力不从心。在烟熏火燎的厨房里忙上半天，腰也酸背也痛，回到家就直不起身来。去医院检查，高血压，高血脂，高血糖，一系列并发症。那以后，吃药成了每天生活的一部分。一年下来，光是花在吃药上头的钱就得上万。无奈，只好换工作。他去堰塞湖那边打工，又在北川纪念馆这边的公司打工，来回奔忙，大约有五年。2016年9月，堰塞湖和纪念馆这边的活路被承包出去了，这种来回奔忙的机会也没有了，他只好再找工作。寻找那种相对不介意他年龄的饭馆老板，毕竟这是他能驾轻就熟的老本行。

没找到活干的时候，他只好闲在家里，闲在家里没事干的感觉真是不好，闲在家里就等于没人要。就等于你在一天天衰弱变老。

原来一个干活干惯了的人，一旦没有活干就会比原先就不怎么干活的闲下来老得更快哦！尽管悲哀，可也没法，离拿社保的时间还有七八年。而这七八年的社保费，一年比一年交钱多，社保，还有医保，一年下来就五千多，夫妻两个就要一万多元。

他经常掐着指头默默计算着：自己离六十岁还有七年，而七年后，小女儿才十三岁。

他把两个孩子（大女儿虽然二十出头了，但没有成家就是孩子）都当宝贝，虽然自己一个月只挣三千多块钱，一家四口主要就靠这钱过日子，但为了孩子，他从来都不会犹豫。小女儿上幼儿园以后，他一再提醒妻子要把孩子打扮得漂漂亮亮的。别人家有的，不能让自家孩子没有，哪怕自己吃的穿的不如别人，也不能让孩子产生自卑感。谢勇说经济方面的困难主要体现在教育孩子的问题上。但还有更大的困难，女儿班里那些同学的家长大多是80后，而他是60后，每次去开家长会，他总感觉自己是爷爷一辈的。那些年轻的家长给老师提建议，七嘴八舌的，说得很起劲，他却听得很费劲。另外，小女儿有时候也有攀比心，他觉得这不好，又觉得小女儿的攀比自己也该负有责任，是他让妻子把女儿打扮得同别的孩子一样漂亮的呀。觉得不好，想纠正又没有法子。还有，小女儿爱用手机打游戏，一回到家要过他的手机，就喊"爸爸快把锁给解开"。幼儿园放了假，打游戏就更多了，几乎成了每天的课程。

谢勇想好好引导孩子，但总觉得自己使不上劲。

现在，二十多岁的大女儿在新县城巴拉恰（商业街）那边上班，要了男朋友，快要成家了。谢勇看到大女儿就自然地想起已经遇难的儿子，如果他还在……他不忍心往下想。路上有时候遇到迎面来的年轻人打招呼，他心里就会涌起一种莫名的疼痛，他担心又是儿子的哪个同学，这同学向他提起儿子的往事，他就更受不了。久而久之，走在路上，远远地看见对面过来一个好像是儿子的同学，他总是早早地就把头埋低，脸转到一边，避免走近了人家跟他打招呼。

妻子余志凤的兄弟开了家茶楼，生意很一般，但也要人守，余志凤就在这茶楼帮忙，隔天去一次。兄弟付给姐姐每月一千二百元。兄弟家经济比他们稍为宽裕些，但也好不到哪里去。余志凤在茶楼上班，负责接送女儿，晚上还要照顾女儿睡觉，由于时常有耽误，替人想的余志凤每月便只要了一千元。

谢勇打工月收入三千多元，余志凤一千元，加一起四千多元，一年就五万元左右，扣除两人每年交社保、医保一万多元，余下的三万多元便是全家人一年的所有费用支出。正常情况下，一家人每月的生活费和谢勇的看病费两项就将近三千元。2017年秋天，上幼儿园的小女儿上小学了，花销相应也增加了。如此计划下来，这钱着实就紧巴了。更紧巴的还在后头，九年义务制后面的高中，还有大学，那笔费用高得让他们这样的家庭都不敢去多想。而且，那个时候谢勇已经六十出头，更没有人要聘用他了。妻子余志凤也接近六十了，夫妻俩只能靠在社保局领养老金过日子。谢勇讲到这些叹了口气。之后，他说想想那些在地震中遇难的人，又算好的了，至少这条命没有丢。老百姓的命虽然不值钱，但也可贵，因为命不止对穷人，对富人也只有一次。你再有钱，还是活一生，我钱再少，也要活一世。

"谢师傅说得好！"我说。

第四章　灾难夺走的，老天给还了回来

"老天爷夺走了儿子和丈夫，还回了老公和爱子。"妈妈张云珍说，"前者优秀；后者杰出。老天爷待我不薄哦。""这是我的小钱包，我还有大钱包，里面有八百块钱哩。"女儿吉书好看售货员一眼，"这钱是我存着给妈妈买别墅的。"

——采访手记

2007年8月，四大火炉之一的山城重庆一年中最热的时候，学旅游管理的山城女儿张云珍，作为北川从外地引进的第一例硕士研究生人才，来到了山清水秀的北川。与张云珍一同来到北川的还有她的爱人汪明东和五岁的女儿汪菀珊。

一家三口住着北川老县城五楼的一套租房。张云珍在旅游局上班，丈夫在北川中学教初中，五岁的女儿在幼儿园上大班。上班很忙，抽不出时间接送孩子，他们固定了一个三轮车师傅每天接送。人一忙，时间过得就更快，来时正值酷暑，转眼就秋高气爽，冬去春来……暮春四月，草长莺飞，北川更是山清水秀，气候宜人。像是与万物生长的季节相呼应，举家迁来县城的张云珍家里，准确点说是家里的孩子显出了少有的躁动：一向安静的女儿在那些日子里突然间变得烦躁不安。天天烦躁不安地吵着不去幼儿园睡觉。张云珍没去多想，也没理睬，只当孩子任性。

"5·12"那天早上，哭闹了一个多月的女儿哭得尤其厉害，一边哭还一边嚷嚷："你喊蒲希瑞的祖祖（老板娘的外婆）把我带回来嘛，我不在幼儿园睡午觉！"蒲希瑞是羌家儿女饭店老板的女儿，与张云珍女儿同班，就住张云珍楼下。

张云珍对女儿说的话没当回事，她坚持把孩子送去了幼儿园。

后来，每当回想起这一天的情景，张云珍便会泪流满面：如果那天不让女儿上学，如果那天能留下老公午休，或许，他们都还在啊……

"才九个月零十一天哪！"张云珍在讲述中反复念叨着这句话。从山城重庆来到北川仅仅九个月零十一天，她的家人、家庭，就被这场突如其来的大地震给毁了！

那天中午，老公从学校急匆匆回家时，张云珍正在炒蛋炒饭。平常工作忙，她一个人的午餐很简单。见老公回家，她有些吃惊，老公责任心很强，中午一般不会回来。她笑道："你今天不是要值班吗？"

老公说，我回来看看你。说完，又匆匆下了楼，说要去学校。

不到两分钟，又回来了，没话找话地跟她说："下周要考公务员了，你要好好复习。"然后，跟她讲了几个知识点。那阵子，他俩都报考了公务员，当天距考试时间不到一周。

说了几句后，他又急火火地下楼了。

走到一半，停下来，像是想到了什么，但又想不起来。然后，继续下楼，下得很慢，终于，突然加快脚步，匆匆忙忙地上班去了。

站在门口目送老公下楼的张云珍，觉得老公今天的行为有点反常，却也没有多想。老公走后，同往常一样，她开始午睡。

地动山摇的时候，她惊恐地从床上跳了起来！奔跑着下了楼，外面已经天崩地裂，到处是废墟和烟尘，幼儿园那儿已经夷为一片平地。北川中学方向，到处是塌陷的房屋……她傻傻地站在那里，无法相信眼前的一切。恍惚中，她似乎看到蒲希瑞的妈妈过来，叫她一起找孩子，她张张嘴,却说不出一个字,只觉得双腿发软,头脑里一片空白。

第二天才知道,蒲希瑞是女儿班里唯一幸存的孩子。

那天中午,蒲希瑞的祖祖带着蒲希瑞刚刚走到幼儿园门口,忽然地动山摇,强大的气流一瞬间把祖孙俩弹出很远,老人的肋骨当即断了几块,孩子却安然无恙。

"如果女儿跟着蒲希瑞的祖祖,或许能幸存下来啊,可是当时怎么知道呢。"沉浸在痛苦的回忆里的张云珍说,"很多东西上天早就注定了。该来的会来,该走的会走,不该是你的永远不是你的。"

地震后不久,北川一位叫董云飞的干部无法忍受亲人离世的悲痛,自杀了。董云飞自杀的当天,张云珍和北川宣传部的冯翔,还有另外一位同事一起吃饭。想到走了的董云飞,几个人心情十分沉重。

张云珍悲戚地说:"北川第二个自杀的可能就是我了。"一想到老公和女儿不在了,一个人留在世上没有多大意义,便多次想到一死了之。

"那要看是你还是我了。"说这话的是冯翔,刚提拔不久的北川县委宣传部副部长。冯翔的儿子在地震中遇难了,他无法走出这种阴影。一想到孩子,冯翔就忍不住落泪,他说,儿子多么懂事,多么优秀啊,谁能理解这种锥心的痛!

张云珍知道男人不会轻易说出这样的话来,尽管自己的痛不比冯翔少,但她还是非常努力地劝说冯翔:"哪个孩子都是父母心中最优秀的,你还年轻,还能再生一个更优秀的。地震夺走那么多孩子的生命,这是老天爷瞎眼,他会后悔,他一定会给你送回来更优秀的孩子。"

然而,不到二十天,冯翔竟然真的自杀了。那时候,全国乃至全世界都非常关注北川,冯翔的自杀牵动了所有北川人的心!这种遗憾和痛心拧成了一种新的伤害,无论是对亲人朋友,对领导同事,对整个社会,都产生了很大的负面影响。张云珍忽然意识到,自己千万不能轻生,不能再对这个已经伤痕累累的世界再添一道伤痕!她明白,自己作为北川引进的第一例人才，一旦有什么事情发生，负面影响不会低于冯翔，于是她攥紧拳头，命令自己：一定要坚强地活下去！

抗震救灾那段日子里，每天忙碌而疲惫，艰难又伤心。有一天，朋友吴老师忽然问张云珍："你还耍朋友（四川话：谈恋爱）不呢？"

吴老师的话提醒了张云珍，她开始把自己那一阵子的忙碌做了一遍梳理：救灾一旦空下来，脑海里全是老公和女儿的身影！吴老师的话使她心里的悲戚再次像泉水般涌了出来！她努力抑制住悲伤，挤出一丝微笑："我要活下去，要面对新的生活，肯定还要耍朋友啊。"

吴老师又问："老师行不行呢？"当时，北川有一些行政干部成家不愿意找老师，觉得教师待遇低。在吴老师眼里，张云珍学历高，各方面条件好，担心她也有类似看法。

"可以呀。"张云珍的回答让吴老师打消了顾虑。

吴老师给张云珍介绍的是教师吉敏。吉敏的妻子是一位优秀的小学教师，"5·12"当天，在老北川县城比赛讲课的她，被突如其来的大地震永远埋在了废墟下，留下九岁的儿子吉经纬和吉敏相依为命。

两颗孤独的心很快融合在了一起。劫后余生的他俩，各自在获得温暖的同时也温暖着对方。只是，温暖有时也会显出些许凉意。有一次，大半夜了，睡在床上的张云珍被一阵悲切而低沉的呜咽声吵醒，睁眼一看，竟然是丈夫在枕边哭泣。问他为什么哭，他竟然说："我想我老婆了。"按说，怀念遇难前妻是人之常情，可那一刻，张云珍听了却不好受，因为她已经怀孕了呀，怀孕期间的女人敏感而脆弱。但她毕竟豁达明理，她知道，在这个特殊的组合家庭里，夫妻的磨合期是漫长的。除此，还需要耐心、理解和极强的包容。理是这么个理，但人都有情绪化的时候。像是一种"来而有往"，丈夫深夜哭泣不久的一天深夜，张云珍也在暗自啜泣。与丈夫怀念前妻类似，她的啜泣也是因为思念遇难的前夫和女儿，还有曾经的美好生活。夜深了，与男人的哭泣不同，女人的啜泣相对更凄切更绵长，凄切绵长的啜泣让一旁的吉敏无法入睡，他跑到屋外站着抽烟，叹气。房间里压抑的气氛如同愁云一般笼罩着，久久不肯散去……

天快亮的时候，吉敏狠狠地扔下手中的烟头，推开门后，回头向张云珍说了一句："你简直不可理喻！"然后，转身离开了家。

望着丈夫走出门的身影，张云珍越发悲伤。

那天早上，张云珍前夫的弟媳从老家来绵阳看望张云珍，听说张云珍怀孕了，弟媳带来了100个土鸡蛋和几大瓶辣椒酱。那几天，张云珍正在绵阳东京酒店参加培训，弟媳来绵阳，她请了一天假。同弟媳见面后，张云珍心里的郁闷也完全消失了。她这边聊得愉快，那边的吉敏却急疯了一般满世界找人。他想好了要找张云珍道歉，但她的电话响了却不接。家里没人，酒店的培训班里没人，打电话问了张云珍的几个要好的朋友，竟然都说不知道。吉敏感到天快塌陷了，那个好不容易筑起的小巢眼下正处于风雨飘摇之中。更何况，她还怀着两个月的孩子啊！想到这里，经历了地震严酷打击还没有完全修复的吉敏，急得眼泪都要掉下来了。现在他只担心老婆和她肚里的孩子了，她会不会去做人流？那可是他们共同的骨肉啊！他焦急地给张云珍发短信，一边道歉，一边强烈要求她不要抛弃孩子，一切都是自己的错。

这时，张云珍的朋友们也紧锣密鼓地打来电话，问她在哪里，催促她快点回家。

张云珍才舍不得肚子里的孩子哦，她刚要回话，但转念一想，这正好可以考验一下他对孩子的态度，于是她告诉朋友，自己在医院里，然后挂了电话。这个消息传到吉敏那里，令他险些崩溃：果然在医院！急疯了的他立刻在绵阳几个医院逐个寻找；去妇产科问医生护士；急切的目光挨个排查那些坐在手术室门口等着手术的妇女；慌乱地继续给张云珍和她的朋友打电话……

张云珍由此明白了自己对丈夫的重要性，觉得自己不能再折腾了，暮色降临时,她同弟媳分手后打车到绵阳中医院,然后给吉敏发信息,等他去接她。吉敏知道妻子和肚里的孩子都安然无恙后,心上那根紧绷的弦终于松了下来。见到妻子后,他一个劲地向她道歉,说以后要好好过日子,要珍惜家庭。

  打那以后,他俩再也没有过激烈争吵,更不要说"隔夜仇"了。

  吉敏有时会批评张云珍"懒惰",张云珍也不计较了,她笑着反驳道:"我就是懒啊,我要是勤快了,爱做家务了,我就成了另外的人了。"吉敏当然知道,妻子在事业上勤奋好学,并不是真"懒"。有时候呢,张云珍觉得丈夫说得对,也就不吭声,悄悄改了便是。

  张云珍不仅深爱着和吉敏生的女儿,还疼爱着丈夫同前妻生的儿子,这在吉敏看来,特别的难能可贵!儿子身体不好,偏食,不喜欢吃蔬菜,每到一家四口围坐着吃饭时,张云珍一边照顾女儿吃饭,一边给儿子拈菜,但儿子并不领情,等后妈把蔬菜夹进碗里堆得小山那么高了,儿子便一筷子夹起它们"啪"地甩了出去,绿叶蔬菜软塌塌地跌落在垃圾桶的边沿上,滑进桶底。霎时愣住的张云珍盯着被扔进垃圾桶的蔬菜,明显感觉到左边胸口有点痛,不,有点像滑进桶底的软塌塌的蔬菜,拔凉拔凉的。

  吉敏见了,严厉地吼道:"不给他拈菜,不想吃,等他饿死算了!"事后,他会背着妻子跟孩子沟通,直到孩子承认自己的错误方才作罢。

  儿子上高一那年冬天,天气很冷,张云珍想起他穿的防寒服恐怕难以御寒,叫上他去街上买羽绒服,女儿也欢呼雀跃地跟在后边。

  儿子喜欢黑色,张云珍就给他选黑色的。一家四口顶着寒风,走了几条街,试了很多件,有一件售价690元,张云珍觉得很好看,准备掏钱了,儿子却不喜欢,理由是"穿起来有点臃肿。"一家人在街上转了那么久,总算挑到了他们觉得满意的衣服,你却以"有点臃肿"为借口不要,忍了好久的儿子他爸终于爆发:"我看你脑壳才肿!不买了。"衣服没买成,一家人气呼呼地回去了。张云珍也很生气，但是并没说什么。那天，吉敏狠狠地教训了儿子，把他批评得泪流满面。

第二年冬天，天气更冷，张云珍又想起这件事情，她想必须得给买羽绒服了。她给儿子说后，儿子很感动，主动跟张云珍说："我再也不挑剔了，妈妈说买哪件就买哪件，合适的就可以。"张云珍高兴地看着起了变化的儿子：一年过去，儿子懂事多了。她知道这个变化主要是丈夫吉敏在中间起了关键作用。那天，一家人高高兴兴，小女儿脚跟脚地跟在哥哥后面，羽绒服买了两件，牛仔裤买了几条。那次，一下给儿子买了两三千元的衣裤。

让张云珍欣慰的是，她这个重组家庭不像一些再婚家庭，双方一争吵就会说："你就是看不惯我的娃儿嘛。"吉敏是一个有修养的人，每当张云珍说到儿子的缺点，他总会温声细语地告诉妻子："孩子有问题，让我去解决，去教育就是嘛。"有时候看到儿子房间太乱，脏衣服之类都是奶奶给洗，张云珍会叫吉敏去批评帮助，吉敏呢总是很配合。

说起女儿，张云珍很自豪，很甜蜜，她向我们讲述了一个梦境：刚怀上女儿的时候，她做了个梦，一个女孩子向她奔跑过来，看不清楚面容，仿佛就是那个令她日夜思念的女儿……她边跑边喊："妈妈，我回来了，我掉进河里被一个叔叔救了。"张云珍醒来哭了。她想起女儿的一切，心里便涌起一阵又一阵揪心的痛。

吉敏安慰她。她把梦讲给他听。他听完后，对她说是不是有孩子了。

第二天去查，果真是怀孕了。

那段时间，张云珍正忙于做北川新县城的旅游规划。那天，她陪着从上海社科院请来的专家，从松潘茂县那边进小寨子沟，前面车子过去，山体崩塌，一阵浓烟弥漫，眼前的情景立马让她想到惊恐的"5·12"，当即下意识地俯下身子，双手护着肚子里的孩子……

不久，又去浙江绍兴，参加在那边举行的大禹祭祀活动。半夜乘飞机去，第二天早晨的会议，时间安排得非常紧凑。会议间隙，她去洗手间，发现下面有流血现象，她吓坏了，赶紧给远在北川的丈夫打电话。吉敏听了，着急得不得了，告诉她：你现在什么都不能做，立刻请假！马上回来！张云珍去给主任请假，只说身体状态不好，回到房间，休息了一个下午，晚上才同大家乘飞机回到绵阳。

从浙江绍兴回来没几天，领导再次安排张云珍下乡，由她带绵阳师院的老师去小寨子沟。已经上了车的张云珍，想着那段颠簸得厉害的山路，还有不久前让她惊恐的崩塌的山体，一番思虑后，她小声地跟绵阳师院的一位老师提到怀孕的事。那个老师说，那你不能乱跑了，之后，把她的情况给领导说了。领导马上跟她说："你不能下乡了，得赶紧休息。"那时北川刚好有这个政策：再生育的家庭，怀孕了可以休息。

女儿六个月后，由爷爷奶奶给带，老是哭兮兮的，小家伙的心思很明白，她是想让妈妈带她，陪她。这也难怪，这么点大的孩子，哪个都是这样啊，都愿意妈妈成天陪在身边。现在想起女儿当时可怜兮兮的样子，总觉得有些造孽，可张云珍也没办法，那个时候，灾后重建工作千头万绪，各个方面都忙得不可开交。

女儿上一年级后，张云珍除了每天负责接送，额外给自己安排了一项任务：给女儿写日记，写好后念给她听。张云珍说，比起幼儿园，上学后的孩子更需要父母的陪伴，这个阶段的陪伴对孩子身心的成长是非常重要的。至于给女儿写日记，只是阶段性的，写到四五年级，女儿自己能够写的时候，她就交给女儿接着写下去。

性格开朗的女儿喜欢过生日。赶巧的是，女儿的生日为农历十月十四，而张云珍的生日为农历十月十五。

女儿三岁生日那天，张云珍印象里并不浪漫的吉敏却意外地给了她和女儿一个大大的浪漫！不知从什么地方走出来的吉敏，着西装，打领带，右手抱着一抱红玫瑰，左手拿着三支小红玫瑰的扮相，将身材修长、长相文雅的吉敏衬托得愈发标致且容光焕发。不用说，三十六支玫瑰是送妻子张云珍的，三支小红玫瑰是给女儿的——感情细腻、心思缜密的吉敏将相差一天生日的母女俩放一起庆贺了！

抱在妈妈怀里的红玫瑰像一团燃烧的火焰；捏在女儿手里的小红玫瑰则像点燃火焰的小火炬。

为了渲染生日气氛，吉敏还特意请了张云珍几个最好的朋友，其中的孙丽又是吉敏的学生。

从那一年起，吉敏就每年给女儿和妻子过生日了，还买衣服，买各种礼物。

吉敏的父母对张云珍这个家也是异常呵护。在张云珍去基层挂职那一年，住在同一小区的公公婆婆，每天来到张云珍家里，买菜、煮饭、带外孙女。张云珍呢，则每天打电话回家，了解女儿的生活习惯，语文和数学作业，考试得了好多分，有没有得到老师的表扬……

要说，张云珍这个家就该表扬。你看啊，每天早上起床，妈妈会陪着女儿读一会儿世界名著。张云珍说，一个女人可以在仕途上没有追求，但不能欠家庭和娃娃太多。

每周星期五，学校老师要在群里发班上学生一周的成绩信息，听写100分的有哪些，数学作业写得好的有哪些，哪些同学还需要努力……女儿的听写成绩几乎都是100分，教材上的课文，她全部背得到。女儿对学习很有兴趣，也很有紧迫感。张云珍对此很满意，她说："娃娃和家庭是一样的，需要经营，需要鼓励，你不把他当回事，他就不会那么爱学习。"

刚上小学，赶上县里精神文明办评"书香少年"，女儿所在的学校，一个年级评一个。班主任老师评选了张云珍的女儿。

张云珍很吃惊："才进校呢，怎么就评她呢？"

老师说："其他的确实看不出来，但是我发现吉书好认字，认得特别多。"

这倒是事实。女儿还抱在怀里的时候，张云珍就经常给她读书，有时候读得久了，听着听着，女儿歪着脑袋靠在妈妈肩头上就睡着了。久而久之，便养成了爱好阅读喜欢认字的习惯。有一次，张云珍开车带女儿去玩，女儿专注地望着窗外，她一会儿问一句："妈妈这个是什么医院？"等一会儿，又问同样的话。张云珍疑惑地看了一眼女儿，她为什么对医院感兴趣呢？该不会有什么不好的事吧？

她小心地跟丈夫谈及此事，丈夫不以为然："那好简单嘛，肯定是认得到医院那两个字嘛。"

张云珍不相信，就在一张白纸上写着：北川羌族自治县人民医院，她拿着问："幺儿，这是些什么字？"女儿就指着念给张云珍听，居然全部都认得。当然，有时候也难免认错，比如"祥和"她会读成"样和"，"怡宝"矿泉水她拿着就读"台宝"，碰上这种情况，张云珍先是夸孩子爱学习，然后再耐心地告诉她正确的读法。酷爱认字的女儿走到哪里就认到哪里，标志牌，广告牌，街道名，以及公园苗圃里挂着的写有花名的小牌子，统统成了她认字的地方。有一次，刚刚上幼儿园的女儿竟然认出了"麝香"两个字，这让张云珍大吃一惊：那个"麝"字那么复杂呀！

女儿除了认字多，学习成绩好，还是个小才女哩。为了让女儿全面发展，在学校，张云珍给女儿报了主持与口才班，钢琴班和奥数班。报主持与口才班，是因为女儿普通话说得还可以。学奥数呢，是为了日后更好地学好数学。学钢琴则是为了提高女儿修养，开发智力，培养协调性，进而锻炼耐力和信心。在张云珍看来，音乐是世间最为神奇的东西。不是么，葡萄酒在酿造时，播放莫扎特音乐，酿造出来的葡萄酒味道特别甘醇。而西红柿生长期间，聆听莫扎特的曲子长得又大又甜。或许是对音乐的向往，或许是为了弥补自己和丈夫在音乐天赋方面的短缺，她给女儿报了钢琴班。

让她惊讶的是，没有遗传基因的女儿，对音乐不仅喜欢，兴趣还特别浓厚。六岁出头的小孩，刚才还在跟妈妈说着玩儿的事，一坐上琴凳，双手按上琴键，很快便进入了状态，那喜欢的模样看上去就像一音乐世家的孩子！一年多练下来，在钢琴老师辅导的五六十名学生中，七岁多的吉书好弹钢琴弹得算是好的。更让张云珍没有想到的是，随着学钢琴的深入，七岁多的孩子心头进驻了一个偶像，中国青年钢琴家郎朗。

"女儿最崇拜的钢琴家是郎朗。"张云珍说，"女儿今后报考大学的目标是北京大学，孩子还小，这只是她的梦想。我们觉得孩子有梦想总是好的，梦想也是一种信仰，对吗？"张云珍停了说话，看着我们，"国家提出中国梦，每户人家也应该有各自的家庭梦，有梦就有追求，有追求就会去努力，这对于地震后在这片土地上生存的人们尤其重要。有一个清晰的念想和具体的目标，生活才更有奔头，也才能更彻底地走出地震的阴影。我说得对吗？"

"对对，太对了。"我忙不迭地称赞。

女儿的优秀还表现在对妈妈爸爸的爱上头。提到这一点，张云珍尤其感觉欣慰。一次，妈妈带女儿去服装店，女儿肩膀上斜背着小钱包，试穿衣服时，售货员逗她说："哟，你还有钱包哇？"

女儿很认真地告诉对方："这是我的小钱包，我还有大钱包，里面有八百块钱哩。"

售货员笑着说："那么多钱啊，可不可以请阿姨吃个冰激凌嘛？"

女儿摇摇头："不行，这个钱我要存着，我要给妈妈买别墅。"

售货员看一眼张云珍，再看着面前这个"胸怀大志"的小女孩："那你请我去别墅玩不？"女儿说可以。

此前，张云珍也逗她："幺儿，你的钱借给我买菜吧？"

一向听妈妈话的女儿却坚决不同意："不得行，这钱是存着买别墅的。"

张云珍有个女性朋友姓黄，经常出国，女儿最喜欢这个黄阿姨。问她为什么喜欢黄阿姨。女儿歪着脑袋想了想，忽闪着亮晶晶的眼睛："黄阿姨人漂亮，还很有内涵。"大家一听，乐了。嚯，这小女孩还知道"内涵"哪！张云珍问她什么叫内涵。女儿解释说："黄阿姨英语说得好，又喜欢小朋友，就是内涵。"

"老天爷夺走了我原来的女儿，可能感觉后悔了吧，于是又给我送来一个同样优秀的女儿。"张云珍幸福地笑着，意犹未尽地讲述着现在的女儿和家庭，"当然，还有吉敏，我现在的丈夫。"

第五章　针对性"撒谎"的妈妈与两个犯傻的孩子

"妈妈，我们换换位置，你走我右边。""为什么啊？""妈妈，我要保护你！"要保护妈妈的儿子离她远去了。幼儿园里，老师发给表现好的小朋友一袋小馒头，再生育的儿子会把小馒头带回家与家里人分享。被崇州地震摇醒过来的儿子朦胧中问："现在不是2008年吧？"

——采访手记

汶川映秀，一个山环水抱的美丽小镇；它地处阿坝州南大门，是进出九寨沟、卧龙和四姑娘山的必经之地。

走进映秀，难免对生活在这座美丽小城的居民怀有热切的关注：小镇上的居民过得好吗？需要提及的是，眼前这座美丽的小镇是九年多前遭遇了举世震惊的汶川大地震后重建的小城。重建的小城，异地迁徙来的当年的受灾百姓，你们都好吗？

外地游客的一声声问候，一遍遍的询问，被关切者一遍又一遍地讲述那不堪回首的灾难，每讲述一次就揭开一层结痂的伤疤，那锥心的疼痛如潮水般袭来……

"你们在地震中家里有没有人遇难？你们家的损失大吗？"映秀镇

教育卫生干事董家燕,以不同于其他受访者的话题开始了她的讲述。她说一些外地来映秀的游客,他们在参观完映秀景点后,关切地询问当地的居民当年的受灾情况。一次次地面对,一遍遍地回答,对讲述的当事人来说其厌烦可想而知。虽厌烦,却不能冷漠拒绝,于是想到"撒谎",向这些好心的外地游客表面平静地说:"没事,我们家没有什么伤亡和损失。""那就好那就好。"游客一迭连声地说。

就好就好。祈愿从今往后一切都好!

只是,那逝去的九年前不堪回首的噩梦般的一幕实在不好,非但不好,而且很悲痛,痛入骨髓!永生永世忘不了!

2008年5月11日,星期天早上,八岁的高俊鹏笑着对董家燕撒娇:"妈妈,你给我一点钱嘛。"

董家燕历来对孩子要求严格,儿子一般不会主动伸手找她要钱,儿子少见的要钱让董家燕很是意外:"你要钱做什么?"

高俊鹏神秘地说:"不告诉你,我要给你惊喜。你先给我钱,以后再从我的压岁钱里扣除就是。"

董家燕见儿子这么"有计划有策略"地要钱,不禁笑道:"你不说要钱的用途,我怎么给你呢?"

儿子装作无辜的样子,把嘴凑在她的耳边:"今天是母亲节,我要给你买礼物!"一听这话,董家燕眼眶湿润了。长期以来同不和睦的丈夫干仗,只觉得身心疲惫,连生日都记不得了,更何况母亲节?儿子见妈妈不吭声,以为妈妈不会答应,赶紧补充道:"妈妈,我给你买衣服花不了多少钱的,要不就买裤子,裤子要便宜一些。"

儿子如此贴心,感动得董家燕一把搂过孩子,她摸着他的小脑袋,轻轻地说:"妈妈不要衣服,裤子也不要,你懂事听话,就是给妈妈最好的礼物。"

儿子点点头:"妈妈,我听话,我不花钱了,压岁钱存在你那里,我们还要供养爷爷奶奶。"

说完,儿子下楼玩去了。

过了一会儿,董家燕收拾好东西也下了楼。楼下商店的售货员叫住了董家燕,她们告诉她说:"董姐,你孩子好懂事啊,刚才在这里帮你选礼物呢,说今天是母亲节。"她们把孩子挑选过的东西一一指给董家燕看,裙子,裤子,项链……她们告诉董家燕,孩子相中了项链,说这个好看而且便宜,妈妈肯定会喜欢。董家燕看了看那条项链,果然在众多项链里最符合自己的喜好。她微笑着听售货员夸奖儿子,心里如同蜜糖一般,不愉快的家事暂时被抛到了脑后。

她找到孩子,带了他回娘家。

母子俩并肩走在乡下的土路上,一辆汽车飞驰而过,卷起阵阵尘土。儿子忽然拉住她的衣襟:"妈妈,我们换换位置,你走我右边。"

董家燕很诧异:"为什么啊?"

儿子坚定地说:"妈妈,我要保护你!"

眼前瘦小的儿子,紧抿着的嘴唇透出一副稚嫩的坚毅。"嗯,像个小男子汉模样。"董家燕禁不住轻声赞叹道,之后,开心地笑了。笑容荡漾在嘴角,心头浮起浓浓的温馨……那次是一个夜晚,一家三口走在从娘家回来的路上,爸爸在前面大步流星地走着,身旁的儿子跟她说:"妈妈,你不要怕蛇,我们排成队走,让爸爸走最前面,你走中间。"

董家燕笑着问道:"那你走哪里?"

儿子骄傲地说:"我走最后,在后面保护你。"

眼下,那个在一家三口前头开路的丈夫离家出走几天了。还是儿子好,永远知道心疼妈妈……

丈夫走了几天,不给她打电话,也不接她的电话。之前,儿子曾经打通过一次,要他星期六回来陪母子俩出去玩,他答应过,却没有兑现。男人不在,家里缺点安全感,晚上睡觉,董家燕把门给反锁了。儿子看见后，说了："妈妈，不要反锁，万一爸爸回来打不开怎么办？"她想他回来的可能性不大，但万一呢？于是她跟儿子说，你爸回来会敲门的。

但这么多天过去了，敲门声始终没有响起。

从娘家回来，快到家门口时，儿子又说："妈妈给我十块钱。"儿子从她手头拿了钱，飞快地跑进商店，把那条中意的项链买下。出了商店，就拉着董家燕迫切地往家里走。一进家门，儿子便急切地给她戴上项链，又细心地教她怎样把项链的搭扣合上，然后很在行地说："妈妈，这个坠子要正面朝外才好看。"他拉着董家燕走到镜子前面，俏皮地问："妈妈喜欢这个项链吗？"董家燕笑着不住点头。儿子想了想，又说，"妈妈，我要去求老天爷保佑你和爸爸永远在一起。"董家燕心里一震，看着镜子里那个戴着项链的女子，一脸的憔悴，满面的凄然。"那是我吗？"低头看一眼孩子，有一个这么懂事这么爱自己的儿子，作为妈妈，都没有理由不开心，即便她同孩子他爸的事情朝着最坏的方向发展。

星期一中午，董家燕带着儿子去食堂吃饭。那天，一些知道了她和丈夫闹矛盾的同事看见她后，主动向她流露出同情和善意的笑容。一个关系好的同事跟她的儿子说："高俊鹏，你爸爸妈妈是不是在吵架？"

懂事的儿子看一眼那个阿姨，又看一眼妈妈，赶紧说："我爸爸妈妈没有吵架。"

那人神色凝重，拍着高俊鹏的肩膀："你要听话啊，你爸爸妈妈的关系要和谐，就只能靠你了。"

同事的话让董家燕感到一丝温暖的同时黯然神伤！好长一段时间以来，因与丈夫的矛盾惹她一直情绪低落。她想你让我这个当妈的烦就不说了，可你总该管管儿子吧，儿子可是同你有血缘的呀！

在娘家吃了饭，同外公外婆道别后，她想起一个星期没给儿子零花钱了，就问儿子："还有零花钱吗？"

儿子低着头，半响才答道："嗯，还有两元五角钱，是从你包里拿的,这几天好热,我好想吃冰激凌。"如果是以前,董家燕肯定要把儿子揍一顿,但那天,她心里很乱,觉得自己没有好好关心儿子,才导致儿子背着她拿了包里的钱。她狠狠批评了儿子几句,忍不住落下泪来。她清楚,这泪既是责怪自己,又是怨恨丈夫,更是心痛儿子。

妈妈落泪,惹得儿子也哭了。儿子一个劲地向她认错:"妈妈你打我吧,你不要伤心,我再也不敢了,我再也不会拿妈妈的钱了。"

儿子的哭泣令董家燕心里很痛,她一遍一遍地擦着儿子脸上的泪,给他讲道理,要他改错。后来,看看时间不早了,她告诉儿子:"去洗洗脸,该上学了。"顿了一下,又说,"你要听话,不能做傻事,更不能做坏事,等下午放学,妈妈带你去吃土豆花。"儿子不住地点头,眼泪又流下来了。

儿子出了房门,很快,又回来了,从窗户外探进小脑袋,很认真很大人气地跟她说:"妈妈,你好好休息,你要记住,永远不要为我和爸爸伤心。"

透过窗玻璃,董家燕目送着孩子小小的身影消失在走廊上。

她长叹了一口气。换上睡衣,打算休息一下去上班。就在这时,天地间突然发出一声巨大的轰鸣,紧接着,一件过于沉重的东西砸在了身上,被击倒的她立马失去了知觉。

醒来的时候,她正被送往四川省林业中心医院。事后才知道发生了8.0级地震,学校倒塌,儿子已经遇难……

离开人世的儿子给她说的最后一句话是"永远不要为我和爸爸伤心"。永远不让妈妈伤心的儿子却给她留下了无尽的悲痛!

诊断为胸椎骨折、背后爆裂性骨折的董家燕被固定在病床上。整个身子无法动弹的痛苦让她感觉生不如死。她宁愿自己不要醒来。永远!不醒来就可以去陪伴走了的儿子了。还可以永远不去想那个在大地震降临前一天离家出走的丈夫。

比无法动弹更痛苦的是,胸腔里那颗一直在同孤独与死神搏斗着的破碎的心……

半年后,终于出院了。

当医生通知她可以办理出院手续那一刻,她在兴奋莫名之余,眼帘明显有些潮湿,那感觉一如囚犯当场听到刑满释放的宣读书!

半年哪,整整六个月,一百八十余天被困在病床上的日子,她都不知道自己是怎么熬过来的!

出院那天,她有点魂不守舍,她也说不清楚为什么。是在等那个半年来应该来却没有来医院看过自己的人吗?她摇头;再摇头。她想这个人肯定不会来,但又觉得也许会来。万一来了呢?抱着这种矛盾的心态,手续办完了,她还在医院磨蹭,就为等这个说不定万一又来了的男人。毕竟夫妻一场,出院了来接一下也在情理之中吧?左等不来,右等也不来,她终于明白过来,自己太傻了,傻到家了!住院半年都没来过一次,出院还可能会来吗?!

董家燕从省林业医院出院的当天,同那个半年没有来医院看望过自己一次的人办了离婚手续。

出院不久,她又转院去厦门医院治疗,那个人仍然没有过问一声。

先前的丈夫离开她决绝地去了。

儿子也走了,走得很远很远,远得来阴阳相隔。

儿子走了,唯有儿子买下并亲手为她佩戴的项链还在,还有未经她许可从包里拿走又还回的两元五角钱还在。

一位志愿者听说这故事后,专门为董家燕做了个符包,把项链和她睡衣兜里叠好的两元五角钱装进去,外面刺了羌绣,很精致。

她把这符包挂在脖子上,贴在心口……

董家燕在同事和朋友的关怀下,身体渐渐恢复了。而挂在脖子上贴在心口的符包,是治愈她心灵创伤的一剂良药。

2009年10月，有朋友给董家燕介绍了一位大她三岁的蔡勇。离异，儿子跟了前妻的蔡勇是山里人，淳朴厚道；两人相处很好，不久便组成了新的家庭。

2010年11月，第二个儿子的出生让董家燕再次燃起了对生活的渴望。

"从怀上孩子心理紧张，甚至怀有恐惧，到顺利生下来，这个过程还是觉得很漫长，毕竟已经36岁了，生怕孩子在肚子里长得不好，生下来不聪明。"董家燕如是说。她说一方面忐忑不安地怀着孩子，另一方面，灾区重建工作千头万绪，也不能掉以轻心。

怀孕六个月的时候，住在板房，上班也在板房的她，再一次经历了同先前跑地震一样的跑泥石流的恐慌。一天晚上，快要睡觉了，忽然发布预警，她赶紧迈着小碎步跑出板房。门口一个男同事问她，是不是要集合？她双手托着肚子，停下来语不成句地告诉对方："这是……紧急，紧急情况……不要……集合。"之后，继续咬着牙朝前面跑，跑的过程中不断提醒自己，为了孩子，一定要远离危险。同样为了孩子，不能跑得太快，跑在人群中间就好。不然，把肚子里的孩子给跑掉了天就塌了。就这样提醒着跑，跑着提醒，一口气跑了两三百米，到高速路口，再到隧道里，站稳后，边抚着肚子大口喘气边回头看去：同事们正纷纷往这边跑。原来，她这个高龄孕妇竟然跑到了第一！

噢噢，是肚子里的孩子让她跑得快了跑出坚强了耶！

那晚，泥石流就在离他们几百米远的地方，进了隧道的他们，恰好躲过。

儿子出生了，身体健康，很是惹人喜爱。看着抱在怀里粉嘟嘟脸蛋的儿子，董家燕心里那块悬着的石头才彻底落了地。她跟蔡勇动了好久的脑子，总算为孩子定下了"蔡文博"的名字。这对双方离异重组再生的夫妻，满心希望他们的第二个孩子有文化，甚至博学。

"希望孩子博学，这算是我们的家庭梦吧。"董家燕说。

"噢——"我说,"个人梦,家庭梦,中国社会绝大多数人都有梦了,中国梦才算落到了实处。"

"对呀。"董家燕表示赞同。之后,继续着她的讲述。婆婆对孩子照顾得非常周到,董家燕奶水不够,婆婆把每天给孩子喂奶粉的时间分成四段,调好闹钟提醒。每晚十二点按时给孩子把尿,喂奶。

孩子七个月后,董家燕回单位上班了,孩子交给了两位老人。新家安在离映秀镇不到一百公里的崇州,路途不算太远,但转车不方便,只能每周末回去一趟。好在崇州新家专门带孙儿的婆婆很尽心,孩子几乎没有离开过婆婆的视线。由于回去的次数少,她就更是舍不得和孩子分开。每次周末回去,周一早晨离开时,她都要在孩子的小脸蛋上亲半天,然后挎着包包冲出家门,她得赶班车,误了就赶不上了。她可以早一点出门的,可她总想同孩子多待上一分钟,哪怕是一分钟!

可能是因为爱自家孩子的缘故,那段时间,她特别不能看到别的父母打骂孩子,更不能听到被打的孩子的哭声。那些陌生人的孩子,一旦哭起来,董家燕就觉得心痛得受不了,仿佛那是她自己的孩子,走散了,在别人家受虐。很多次,她甚至慢慢走了过去,给别人的孩子揩擦眼泪。然后,看一眼那打孩子的父母,她真想告诉他们:"不要这么打孩子啊。"走开后她也觉得自己是多管闲事,人家教育孩子不关你的事。说归说,但每次见到这样的场面她还是难受,无奈只好远远躲开。有时候,她和朋友去茶坊,看到一些父母打麻将,大声嚷嚷,包间里烟雾升腾久久不散,空气非常恶浊,而那些年幼的孩子,则在一旁的沙发上歪歪斜斜地睡着。她觉得很难过,她真想告诉那些家长,不要这样对待孩子啊!这个时候她会想起几年前,那时她也打麻将,也曾把孩子放一旁让他自己玩耍和睡觉。现在想来她心痛,后悔,恨自己当初怎么就不懂得爱孩子!

她觉得自己没有好好照顾以前那个孩子。唯一庆幸的是,地震当天她没有为两元五角钱打他,不然她永远无法原谅自己!

以前的孩子失去了，就更要好好爱惜现在的孩子。

她不止一次地告诉眼前的儿子："你有个哥哥，是爸爸跟另外一个阿姨生的，这个哥哥现在跟阿姨在一起。你还有一个哥哥，地震中遇难了。你要珍惜生命，健健康康地成长，以后才能孝敬爷爷奶奶和爸爸妈妈。"儿子很乖，总是认真地听着，不时地点点头。

幼儿园里，老师会给表现好的小朋友发一袋小馒头，别的孩子在放学前就已经吃完了，但蔡文博总会小心翼翼地把那袋小馒头塞进衣服口袋里，回家与家里人一起分享。每到这时，外婆总是笑得合不拢嘴："这个外孙儿没有白带。"

每当在路上看到乞讨的人，蔡文博总会问董家燕要钱，他说他们好可怜。从三四岁的时候，他就很有同情心。董家燕也总会给钱，她要爱护和培养孩子的善心，同情心。但也希望他有防范之心。她把零钱拿给孩子时不会忘记告诉他：不能跟陌生人走，陌生人给的东西也不能吃。

她带孩子去超市，一般都会提前告诉他，只能买一至两样东西，不能买花里胡哨的没营养的东西。外面街头摊点的小零食，不卫生，坚决不能买。大多数时候，孩子都很听话，也配合她的"约法三章"，有时也难免不遵守"游戏规则"，那是在遇到他喜欢的东西时，他坚持要买，甚至会跪倒在地，把董家燕的大腿搂住，不买就不准走。这时候，周围总会有一些陌生的不理解的眼光投过来，仿佛在指责她舍不得花钱。有时候公公婆婆也会在一旁求情。碰上这种情况，董家燕也很坚持，她觉得，越是这样，越不能让他养成坏习惯。她一边暗示公公婆婆离开，她悄悄跟他们说，自己知道分寸，就算样子做得很凶，并不是真正要打孩子。听她一说，还算明理的公公婆婆便会安静地走开。

丈夫一般也不会护短，他认为孩子就是应该好好教育。

孩子脸上有伤痕的时候，董家燕心里会很痛。她教育孩子不要打架，但又怕孩子太软弱了，老是被欺侮。她告诉孩子，如果别人无意中碰了你，你大度一点，不要当回事，如果对方是故意打你，而且打痛了，你也可以适当还一下手。

"听清楚了，你妈说的是对方故意打你而且打痛你了，你可以还一下手。"蔡勇跟儿子说，"可没有教你去打架呀。"

丈夫和儿子相处得很好。每天早上起床时，蔡勇要给蔡文博讲故事，这个时候，孩子总是睁着大眼睛，听得入神。他给儿子买了《唐诗三百首》《论语》。轮番着给儿子讲、读。讲、读的时间通常为每天早上二十分钟。晚上睡觉前，再复习一遍早上讲、读过的内容。

"不是为了学到多少，主要是为了养成孩子热爱学习的习惯。"蔡勇给我说。

儿子也有让她担心，准确地说是难受的时候。有一次，忽然地震了，在崇州，震感很强。儿子被摇醒了，他在朦胧中坐起来问了一句："现在是2017年吗？"董家燕搂着孩子，给他重新盖上被子，一边在被子外面拍着孩子，一边回答道："是2017年，你好好睡吧。"儿子躺下了，慢慢合拢沉重的眼皮，继续睡觉，可睡着睡着，还会惊醒，惊醒过来的儿子很不放心地再问妈妈："现在不是2008年吧？"

又是一个犯傻！先前那个孩子，要她走右边，好躲避汽车的意外伤害，在她看来这是孩子在犯傻，可爱到让她这个当妈妈的心头，瞬间感觉有一股暖流贯穿全身的傻！而现在这一个孩子的犯傻，傻在他没有经历过地震的意识里，认定地震只是2008年的事情，只要不是2008年就不可怕。但退一步想呢，这没经历过的恐惧不会有强烈的现场感，也就不会有长久的恐惧。她相信，随着时间的推移，孩子对人们描述的地震的恐惧便不再有印象，也就不再有恐惧了。

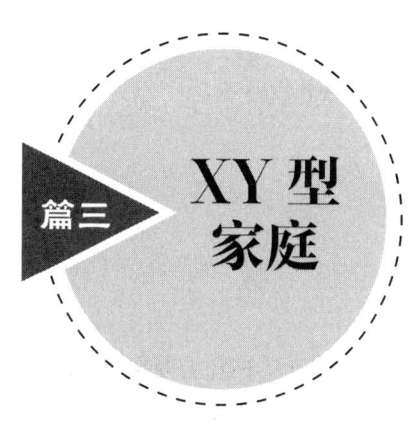

篇三 XY型家庭

第一章　让孩子的成长不再孤独

我要两个孩子,只为他们日后成长有个伴;对经济上的困难相对考虑得少。

——北川·贾德春

那天,妻子给丈夫打电话很生气地说:"我告诉你一个事情,你的娃儿、我的娃儿,还有,别人的娃儿(应该是亲戚寄养在家的娃儿)一起合起来,打我们现在的娃儿!"

这件事发生在今天的北川,一个地震后重组再生育的家庭。丈夫和妻子原来都各有家庭,各自的配偶都在地震中丧生。话里的"你的娃儿""我的娃儿"就是他们各自原来的孩子,而"别人的娃儿"是丈夫亲戚家的孩子,由于父母双亡,他被这家人收养。现在的娃儿,则是这对重组夫妻再生育的孩子。一个屋檐下四个孩子,各有不同的生活经历和不同的成长背景,这样的矛盾,很可能每天都会发生……不到北川采访,我们很难了解北川人震后的生活,采访不深入,也很难理解这话里的悲楚和无奈,艰难和辛酸。

2008年下半年,我受北京一家刊物约稿,前往地震灾区采写灾后重建的报告文学,在北川曲山镇任家坪受灾群众安置板房那间写着"党总支书记"的屋子里认识了贾德春。三十出头,毕业于师范中文系,曾经立志当作家的贾德春，关于灾后重建中精神家园的重建给我留下了深刻印象。事隔九年，出现在我面前，现任北川羌族自治县老龄工作委员会办公室主任，今年四十岁的贾德春几乎还是老样：身材高大、体形略显臃肿。因为熟悉，更因为了解，我不会像初次见他的一些人由于他的"欺骗性"体形对他产生智力上的误判：这个人反应有点迟缓。头脑清晰，思路敏捷，语调舒缓，声音浑厚的贾德春，在跟我讲述灾后重组家庭及再生育孩子话题时，仍旧饱含着强烈的悲悯意识和人文关怀。较之一般的灾区人，读过很多书、爱思考的贾德春对北川，这个让几万人蒙受巨大灾难的地方更为敏感，对受灾的北川人，尤其是羌民族有着更多的同情和悲悯。

"你跟我打电话那天，'5·12'九周年祭日前一个月，我正在杭州参加一个会议，会议期间说起'5·12'，有人说，那些讨厌的北川人死干净了吗？我听后当即表示愤怒，我对这个人说，你要是在北川敢这样说，肯定会被揍的！下来后我冷静一想，或许，这个说'那些讨厌的北川人'的人是来北川碰到个别对他不友好的人和事，或许是听他认识的人说起新北川景点个别乱收费现象，就把北川说得一无是处呀。"

"景点乱收费？"贾德春提到的新北川景点个别乱收费现象让我记起这次来北川，采访间隙去羌族景点，花10元钱坐进电梯，半分钟便上到羌族雕楼顶层，站在唯一可以俯瞰全县城的仅两平方米左右的顶楼四面拍照，再坐电梯下到底层，五分钟不到，全过程便宣告结束。这样的景点算不算乱收费。

"也算吧。"贾德春看我一眼，"但不能因为个别景点的乱收费就诅咒北川人死干净，这也未免太恶毒了！"

"这样诅咒人的确可恶。噢，对了，你刚才说'你的娃儿、我的娃儿，还有，别人的娃儿一起合起来，打我们现在的娃儿'这种特殊家庭在北川应该不多吧？"我把话题拉回到再生育子女成长上头。

"是不多。"贾德春看我一眼，"这种特殊的家庭和一个屋檐下养四个不是同一父母的孩子的现象确实少数，但这种'少数现象'却不容忽略，因为它突出地反映了北川重组家庭中再生育子女成长中的典型事例，这样的典型事例如果处理不当，就会给家庭带来一系列问题，比如，夫妻感情，家庭关系，先前子女与再生子女的教育，等等。"

换句话讲，在这样特殊的家庭做父母难，当子女也不容易啊。我说。

贾德春点点头。之后，跟我讲起他的家庭和孩子。贾德春原来的妻子和孩子都在地震中遇难，现在的爱人陈雪和他是同事，原本就认识。地震后，为了尽快从巨大的悲痛里走出，贾德春同很多北川人一样，在短时间内选择了重组家庭。他跟陈雪从谈婚姻到结婚，不足六个月。结婚后，很快就有了孩子。贾德春认为，孩子的到来可以让家里更有人气，能使家庭更有凝聚力。

陈雪是初婚，再婚与初婚结合的家庭，家庭两个主要成员之间会有较长时段的磨合期。在妻子陈雪看来，丈夫是站在以前的家庭角度看现在的问题，而她自己则是在维护现在家庭的稳定。

孩子的成长还算顺利，一家人呵护着孩子，把养育孩子当作每天的头等大事。就在每天三个饱一个倒，内容重复日子却从未停歇的光阴中，他们很快又有了第二个孩子。贾德春当然清楚，工薪阶层养两个孩子不容易，他选择这个"不容易"的唯一目的是为了让再生育的孩子有个伴。再有，地震后，他亲眼目睹并亲身经历了一个和谐大家庭里丧失子女后的痛苦。余震的那些日子里，疾病，交通事故，自然灾害等各种事故频频发生，那些在地震中幸存却在余震中丧生的人尤其让人悲痛！基于几个方面的考虑，在再生育时他跟现在的妻子沟通后选择了生育两个孩子，多生一个比少生一个孩子的保险系数毕竟大了一倍。至于经济问题，贾德春说倒没有多想。他说他的父母，还有自己，生活的年代经济状况不如现在，可没有感觉到过日子有多大的压力，除了生活标准比现在低，就是有幸福感，套用一句时髦话叫：幸福指数高。孩子只要身心健康，有勤劳的双手，他和妻子并不考虑他将来做什么工作，或者会不会辛苦。

他强调说自己要两个孩子，就为了他们日后成长有个伴。有了伴，就不会那么孤独了。

贾德春的这番话让我想起他们现在的第一个孩子，那是一个文静内向得超过一般女孩的儿子。那天晚上，他邀请我在他家里吃晚饭。饭桌上，坐着贾德春的岳父岳母，妻子陈雪和他们现在的儿子，他家三代人，加我这个客人，一共六人（应该是七人，七人中最小的女儿睡在婴儿床上），热热闹闹一大家子。热闹的大家庭中，唯一没有说话的便是这个文静内向的儿子。按说，七八岁的孩子性格活泼，喜欢讲话是其天性。

晚饭后，在贾德春办公室，他跟我严肃地讲起北川重组家庭和再生育孩子的成长，我从他的讲述中找到了他的比一般女孩还文静的男孩不爱说话的原因。

那天，在公交站接到我后，去往他家的路上他跟我交代，在北川不要在家里谈地震和与此相关的话题。而且，北川人，主要是老北川那边搬迁过来的，他们更不愿意跟人说起自家的家庭和娃儿。呃，我们现在这个儿子，你看他很内向文静吧，这跟少有带他出去玩有关系。在新北川大多数重组家庭和再生育人家，同我的父母一样，一般也不带孩子出去玩。带出去怕遇到熟人，怕熟人问到以前的事情不好回答。对于这个问题，贾德春说他也跟父母有过沟通，他希望孩子能多和别人交流。可父母总说怕那些熟人问起地震的事情，尤其怕看到人家的孩子，想起自家遇难的儿女，那种感觉就像撕开刚刚结疤的伤口！父母这样一说，贾德春便不好说什么了。除了少有带孩子出去玩，贾德春的父母，儿子的爷爷奶奶给孩子的爱刚好弥补了他和妻子无暇顾及对儿女的照顾。在贾德春看来，孩子能成为一个纯粹健康的人就是成功的。知识固然重要，但比知识更重要的是思考。

贾德春以北川为例，将重组再生育子女家庭类别，按遗传学分成XX型、XY型、YX型和YY型四类。地震造成两个家庭破灭的，丧偶的男女双方重新组合在一起再生育的子女家庭，这类家庭类似遗传学基因的XX型。

再婚男方丧偶，女方初婚，两人重组家庭的为XY型家庭，其中的X为男方，Y为女方。与此相反的是女方丧偶再婚，男方初婚，两人重组的家庭为YX型家庭，其中的Y为男方，X为女方。在XY或YX型家庭里，Y的一方（男女皆同），本能地有着一种优越感，他（或她）在处理家庭问题时不仅会主动成为主导方，有时还会自觉或不自觉地（下意识的行动或语言要求）要求X的一方把过去的那个人从现在这个家庭中挖出去。夫妻双方为原配，在地震中子女遇难，地震后重新生育的子女为YY型家庭。在北川，重组家庭占百分之八十以上。第四种家庭，即YY型家庭在北川不超过百分之十。

对于重组家庭，再生育孩子并不是一件容易的事。不少夫妻去医院检查、治疗，妻子做试管婴儿，仍然无法得到盼望的孩子，在这种情况下，只好选择领养。为了证明娃娃是自己亲生的，不惜花钱伪造假证明。对于这样的假证明，身为北川人，尤其是局内人，贾德春说他们很能理解，在他们看来，这是世界上最有价值的假证明。这样的证明它没有任何法律效力，它的容身之处往往是这些家庭最隐秘的箱子底下。这种证明的意义只在于，将来的某一天，领养孩子的父母可以告诉孩子："这是你母亲哪一年在哪个医院生下了你。"除此，这些领养子女的父母也不愿意在户口本上写"养子"或"养女"，他们会想尽一切办法去作假，即便作不了假，他们也会要求公安机关在关系一栏里不写，空着。户口本上尽量不留下再婚，丧偶，目的是让领养的孩子不要有这方面的意识，以便维系和巩固这个特殊的家庭。

两个不同的家庭，因双方配偶在地震遇难，幸存的一方组合成了现在的家庭，在街上碰到原来的同学，这同学对这个重组家庭过去的那位遇难的配偶不仅是熟悉，而且亲密无间，现在碰到了，你猜会怎么办？他或她往往装作不认识对方的样子，最多在经过时，不经意地向对方传递一个眼色。这样做是为了避免他或她无意间在你现在的丈夫或妻子面前提起过去的事情："你以前那个老丈母，你还去看望不呢？"你说他该怎么回答，没法回答。他或她曾经的孩子遇难,眼下却看到人家幸存的孩子已经大学毕业,有的已经参加工作,而他或她还得另外生一个更小的孩子,从头开始养育。还有的父母面相显老,牵着再生的孩子去散步,遇到冒失的人会问:"这是你的孙儿?"

贾德春的话让我联想起北川的另外两位再生育的家长。60后的家长谢勇每次开家长会,与那些80后的家长相比,他就感觉自己是爷爷一辈的。陆世华,这是另一位把自己看成,也被外人看成爷爷辈的60后的再生育家长。采访中陆世华跟我们说,如果要把以前的在地震中遇难的女儿陆芳与现在再生育的女儿陆蕊做个比较,当初对陆芳付出很多,陆芳也争气,那个时候有精力。现在要为陆蕊付出很多的想法依然存在,却有些力不从心了。这种力不从心呢又分两个方面,一方面是自身精力不如从前,另一方面是网络时代节奏快,快得来让他们这些原本该是再生儿爷爷辈的人做了父辈,跟不上啊。

客观地讲,贾德春和陆世华所说的都是事实,别说在重灾区北川,即便在当下大量城镇化的乡村,多数外出打工父母都将孩子留给了留守在家的爷爷奶奶,这种由爷爷奶奶或外公外婆管理(只能算看管)教育(充其量算说道)的情况特别突出,隔代教育的欠缺是显而易见的。

贾德春在谈到隔代教育时说:"孩子的父母是缩短或减小隔代教育欠缺有效的中间桥梁。工作再忙的父母,只要重视孩子的成长,总会挤出时间陪伴孩子的。"

"是啊,"我说,"一个人只要下决心去做这件事,他就有时间,而且就一定能够做成。反之,你要不想做或不愿意做,你也能找到不能做的理由和借口。"

"对呀,就是这样的。"贾德春说。

第二章　瞧，嘉绒客栈这一家子

"藏猫猫"游戏是母女仨经常玩的游戏。"藏猫猫"游戏也有一定的规则，而遵守这规则就是学习。周末逛菜场是两个女儿学习的另一场合。外婆提着菜篮子跟在后面，不时地问上一句："茄子一元五一斤，我们买了两斤，该给多少钱啊？"

——采访手记

"是你？"那天晚上，当我拎着拖箱走进镇上嘉绒客栈，再次见到客栈老板杨和江时，我们俩都不约而同地愣住了——"我们见过面了"这话尽管没说出口，但双方惊讶的表情已经把这话表露无遗了。下午，不，准确地说是今天中午我们已经见过面了。

中午时分，映秀镇中滩堡村主任和文化干事把我带到了嘉绒客栈。说明来意后，客栈老板杨和江嘴上答应着，那表情却明显不大欢迎。嘴上同我说着话，眼睛却盯着从街口驶进来的车辆。一辆汽车开进镇上，杨和江马上站起来，迎着那辆车跑过去："吃饭吗？要吃饭吗，嘉绒客栈豆花饭。"汽车在他面前停了一下，迟疑着；然后，起步，"哧"的一声开走了。杨和江望着开走的汽车，失望地站在原地，脸上挂着要下雨的阴郁，与六月的明媚显然不搭调。看我还坐着不动，像是突然找到了那辆汽车开走的原因，冲着我便是一阵排炮："我现在要招呼客人吃饭，没时间给你讲！"他看一眼旁边的村主任，再看着我，"你下午三四点钟再来吧。"

我赶紧起身，对身边的村主任说，"我来得不是时候。"然后跟杨和江说，"好的，我下午三四点钟再来。"

下午三四点钟，我去了。估计这一天的生意不好吧，杨老板连中午的应付都没有了，他直接对我说，该说的我都说了，再说还是那些事！叫哪个来我都是那些说得起了霉的事。

"好吧。"我无奈地起身，黯然地走开了去。走出几步，禁不住回头打量了一下"嘉绒客栈"的店牌。客栈客栈，有客才是栈啊。何况，眼前这客栈还兼顾着饭店的意思。外地旅客来了，吃饭住宿，客栈才会名副其实。嘴上这么一念叨，心头就有了一种失落，今天采访不顺，看明天吧，总不能大老远的来一趟没啥收获就轻易走了。

离开杨和江后，我去了丁字路口那家小超市。罗鸿那儿的采访还在继续。这边采访结束，董德的妻子李泽翠带我们去了渔子溪河边，在镇上为村民改衣服谋生的程良芳家。

之后，我决定在小镇上住下来。住哪家客栈呢？镇上那么多客栈。我想到帮我联系的朋友、汶川文联主席、诗人羊子，便拨通了羊子的手机。他说你就住嘉绒客栈吧，我在那儿住过，价格合适，老板人也好。我就这样再次来到了嘉绒客栈。

"原来你是羊老师的朋友，既然这样，还说什么呢？"杨和江伸手接过我手头的拖箱，带着我去了街对面的客栈房间。进了房间，我拨通了羊子的手机，跟他说住进了嘉绒客栈，让他再给杨和江说一下接受采访的事。

杨和江在接羊子的电话时频频点头，看得出，他对羊子老师蛮尊重。与羊子通完话后，他把手机还给我："待会儿让我老婆跟你讲，她比我有文化，比我会讲。"

"好啊。"我说。

夜晚，坐在嘉绒客栈二楼走廊里，性格爽朗的谢丽珍的讲述在"噼里啪啦"的雨声中显得畅快而淋漓。

28岁，对一个单身农村女孩来说，即便在今天也算超大龄了，但谢丽珍似乎并不着急，不着急一是因为打小就有主见，二来呢，她的一些朋友，年前结婚年后就离婚。有的刚生了孩子，夫妻就吵得不可开交，最后还是分手了结。看得多了，便对婚事有些淡，也就更加慎重了。在朋友圈里，不乏英俊有才的小伙子，但是一起吃吃喝喝聊聊天还可以，一旦需要帮忙，就感觉不大靠谱，因为缺少担当。谢丽珍能不急的另一个原因，源于受过良好教育的父母，他们不像别的父母那样催她的婚事，他们相信女儿的眼光，也相信缘分。

"5·12"汶川地震后的第一个新年，家住沱江河畔简阳城的谢丽珍一家，迎来了来自震区映秀的姑妈一家，幺爸一家。

长辈，小辈，众多的亲人欢聚一堂。地震前，各自都在为生活打拼，虽是亲人，却难得在一起。好多年了，家里都不曾这般热闹过，而且是经历过大难后的相聚，更是别有一番深意。谢丽珍被眼前这浓浓的难得的亲情深深感染了：大地震让那么多人经历生离死别，而这一大家子还能平安团聚，实在难得。

一个多月后，春暖花开时，谢丽珍一家人前往映秀探望姑妈和幺爸。幺爸问及谢丽珍的婚事，谢丽珍说，自己要找一个人品好靠得住的男人。幺爸想起不久前，映秀小镇上杨和江的母亲，曾托他给儿子做媒的事情。这倒是个好小伙子，踏实，坚强，有责任心。地震时，杨和江的妻子和两个孩子遇难，小杨压抑着巨大的悲痛，和志愿者一起，在烈日下开着挖掘机，刨开废墟救人。幺爸眼前一亮，这个知根知底的小伙子，就是最佳的侄女婿人选哪。

杨和江母子没有想到，媒人竟然将家住沱江河畔的谢丽珍，一个相貌端庄，而且未婚的女子带到了杨家。谢丽珍为人友善，举止落落大方，自打认识以来，不仅丝毫没有嫌弃过杨和江结过婚有过孩子，反而经常通过电话和QQ安慰他。

就这样，饮沱江河水长大的谢丽珍只身嫁到了映秀镇。从此，清澈的渔子溪河替代了甘甜的沱江，成为滋润和养育新嫁娘谢丽珍的第二条母亲河。

杨和江和谢丽珍成婚后，于2010年7月生下了大女儿杨柳雯。那时候，灾区重建，生活还没有安定下来，一边开着饭馆，一边要带孩子，对杨和江而言，这是失而复得的幸福，他非常宠爱女儿。谢丽珍没有经验，加上对丈夫充满爱和敬意，也充分信任丈夫，觉得他比自己懂得带孩子，后来想想，觉得还是有点娇惯大女儿了。

映秀重建后，他们把饭馆扩成了客栈，楼上楼下，可吃饭可住宿，客栈不大，但也请了厨师，两个零工，婆婆也来帮忙，生意渐渐好了。

2014年，他们生下二女儿杨柳凤。尽管，他们的嘉绒客栈开得风生水起，谢丽珍却忧心忡忡，为生意奔忙，有时候晚上十点过还像陀螺一样被抽着旋转，自己没休息好，孩子也睡不了觉。她觉得赚钱不应该是主要目的，她担心过度忙生意忽略了对孩子的照顾。

生下二女儿的第二年，父亲从简阳来映秀帮他们忙照看孩子。

谢丽珍发现，父亲来了之后，两个女儿不仅身体养好了，生活习惯也改变了，她对父亲满心的感激。最初在自家客栈里吃饭，家里人把饭菜做好，摆上桌，大女儿总是坐在桌边，只需要"饭来张口，衣来伸手"，一旦口渴，打开冰柜就拿冷饮，要她喝白开水都会坚决拒绝。喜欢吃什么，夫妇俩都会尽量去满足她。有时候，孩子就喝酸奶，吃一些小零食，不吃饭。在父亲的教育引导下，孩子开始自己摆碗筷，零食也得到了有效控制，只吃一些对身体有益的食物。

遗憾的是，离开家乡来映秀帮助女儿照看外孙女的父亲，不久被查出了癌症，晚期。潜伏在父亲肌体内的癌细胞，像一头潜伏已久的饥饿的野兽，很快便将日渐消瘦的老人整个吞噬掉了。

父亲病逝后，一家人沉浸在悲痛中。

待悲痛稍稍缓解后，谢丽珍和妹妹，开始努力劝说母亲离开简阳，到映秀这边跟她们住。换个环境，有利于尽快走出失去丈夫的悲痛。

母亲一方面不想离开故土，一方面又舍不得两个可爱的外孙女，左思右想之后，最后还是答应来了。

母亲来映秀后，谢丽珍为了让孩子不受客栈一日三餐喧闹环境的影响，单独给母亲和两个女儿租了房子。房子离客栈不远，在映秀中学地震遗址那边，很清静。

每天早上起来，谢丽珍先到母亲那边去看孩子，督促孩子起床并进行适当锻炼。回来时，清晨的阳光刚好给映秀小镇镀上一层金色光芒。她走在路上，脚步轻盈，心里盘算着客栈一天的安排。下午三点过，客栈里的事情暂时忙完了，她会迅速收拾好，再去母亲那边，这时候，大女儿刚好从幼儿园放学。小女儿的午睡时间长，也醒了。

她辅导一下大女儿作业，作业完成后，再陪着两个孩子玩一会儿游戏。然后，赶回客栈去忙晚餐和客人的住宿。

她的母亲，两个女儿的外婆，则已经在厨房准备两个孩子喜欢的饭菜。

谢丽珍的母亲以前念过高中，教育孩子有一整套自己的心得。早上她坚持要孩子早起，陪她们玩玩卡片积木和一些有声读物，在玩耍中学一些知识。母亲认为，在玩耍中学习，在学习中玩耍，很适合孩子的性格特点，不在学到了多少知识，而在通过这种方式培养好的学习习惯和学习兴趣。

2016年9月份，大女儿上了小学。她在课堂上爱举手抢着回答老师的提问，学习课程的兴趣也浓，这显然与外婆在姐妹入学前陪她们玩游戏的方式有关。

晚饭后，母亲会把两个孩子带到外面运动，跑跑跳跳玩玩。每天还要带着大女儿跳绳，规定她做几十个下蹲。小女儿不会跳，在一边看着姐姐和外婆跳，羡慕得很。跳不了绳，帮着数数却蛮起劲。母亲每天有计划地安排生活，换着花样给弄吃的，既要营养搭配，又要菜品不重复。在外婆的精心安排下，两个女儿胃口很好，吃饭不仅不挑食，还基本不吃零食了。晚上九点过，自己就爬上床去睡了。

有时候，外婆要去医生那里拔火罐，又要惦记接送孩子，谢丽珍便给母亲买了一个方便在家里用的"拔火罐"。每次看到外婆要拔火罐了，小女儿杨柳凤就会很认真地说："外婆，我帮你拔吧？"她趴在外婆身上，把火罐按在外婆肩上，非常细致和贴心。有时候还会抚摸着外婆肩膀上的一圈一圈的瘀青问："这个疼不疼？"

母亲摇摇头，总是乐呵呵地说："不疼不疼，这个孙女儿没白养啊！"

一到周末，小姐妹俩的生活就更丰富多彩了。外婆会带上她们去逛菜市场，白萝卜、红萝卜、小白菜、绿油菜，小伞似的蘑菇，枕头一样的大冬瓜……菜市场里有学问，姐妹俩感到新鲜而刺激。边走边看，应接不暇。外婆边走边讲，告诉她们蔬菜和肉类的学问。外婆还会给她俩一人五块钱，鼓励她们去买自己喜欢的菜。七岁的姐姐牵着三岁的妹妹，兴奋地奔向菜农，有时候在满箩筐的玉米棒子前站定，有时候比较着哪家的番茄更红更大。两姐妹还要一本正经地先问哪样菜好多钱，商量一下看买哪家的更划算。市场里很多做生意的人都认识她俩，他们笑着，大声地逗孩子说话，大家都夸这两姐妹，乖巧伶俐得很！

这个时候，提着菜篮子跟在后面的外婆，会不时地问上一句："茄子一元五一斤，我们买了两斤，该给多少钱啊？"姐姐停下来，眨眨眼睛，马上报出了数字。妹妹还没完全学会，但她也会很认真地偏着头使劲想。

两个孩子跟着外婆，在菜市场里边学买菜，边学会了加减法。每次听到不认识的人表扬她俩，两姐妹更是特别开心，去市场买菜就更有劲了。

放了暑假，两个女儿常常到客栈来玩。现在，小女儿在外婆的调教下，俨然成了一个"管事"的人。店里来了客人，谢丽珍就问小女儿："杨柳凤，来了几位客人？"小姑娘伸着指头在那里飞快地数完，立刻就趴到椅子上,在桌子的每一方摆好碗筷,然后放一个纸巾盒在桌子中间,摆完后,满意地看一遍,再一溜烟跑到妈妈跟前"汇报"。

"也不差她做那点事情,只是得让她有责任感,学会观察,做力所能及的事。"谢丽珍笑着说。在母亲影响下,谢丽珍一直在思考怎样教育孩子会更有成效。

小女儿由于得到的宠爱比姐姐多,久而久之便养成了公主脾气。她觉得大家爱她,就很喜欢发脾气。有一次,谢丽珍叫她吃饭,但她想逛超市。谢丽珍故意逗她说:"妈妈没钱,咋办,只有把你抵押到那里喽。"

没想到一句玩笑话让孩子很委屈,她立刻变了脸色,伤心地说:"妈妈你咋要把我卖了?"

当妈的接着说:"不卖你可以,那也就不买东西了嘛。"

见妈妈仍旧没答应她的要求,小姑娘立马放声大哭,边哭边跑去她爸那里告状说"妈妈要把我卖了"。然后又跑奶奶跟前告状。

大家都笑着哄她,没当一回事。等到吃饭了,她还在那里哭闹,这就有点放肆了,谢丽珍觉得必须制止了,于是脸色一沉,怒气冲冲地问了句:"鞭鞭呢?"杨柳凤一看妈妈生气了,要使用"武力"了,立刻止住了哭声,赶紧把脸上的眼泪抹了抹,奶奶拉她去洗手,她也就跟着去了。从这件事情,孩子就此知道了过分取闹是要受到惩罚的。还有一次,头一天谢丽珍给杨柳凤买了新裙子,小姑娘高兴地穿着到处走,大家都夸裙子漂亮。第二天小姨来了,也买了一条小姑娘穿的新裙子,是要送给朋友孩子的。杨柳凤看着那精致的包装袋里的新裙子比自己的裙子还漂亮。她想调换,就在那里念叨:"这个比昨天的还好看,我要这个嘛。"大家装作没听见,她却一门心思惦记着这条裙子,哪里也不去了,看着裙子直嚷嚷。好半天过去,她还在念叨同样的话,谢丽珍听见了,顺口说:"拿鞭鞭过来。"杨柳凤立刻就不念了。

谢丽珍知道,小女儿是个很聪明的孩子,小小年纪,懂得察言观色。

"愈是聪明机灵,愈是需要好好引导,绝对不能让她染上坏习惯。"

相对妈妈的严厉,爸爸杨和江则温和多了。一旦爸爸有空,杨柳凤就会拽着她爸的衣襟,撒娇道:"爸爸,我们去超市买东西嘛。"对于小女儿的要求,她爸一般都不会拒绝。他带了小女儿去超市,买一大堆好吃的回来,两姐妹开心极了。

三岁的杨柳凤特别喜欢玩一种"藏猫猫"游戏,她背对着妈妈和姐姐,从一数到二十,这一到二十是姐姐和妈妈去"藏猫猫"的时间,数完后她开始转过身来寻找她们。先被找到的一个,就将找猫的替换下来,找猫人则成为藏猫的。如果在规定时间内找不到,那找猫的就要继续找。"藏猫猫"游戏虽然简单,但简单的游戏也有一定的规则,而遵守规则就是学习。孩子在玩游戏中表现好,谢丽珍会奖励一个棒棒糖,如果表现不好,对不起,有些玩具就得暂时"存放",今天就不能玩了。

比妹妹大三岁多,上了学的姐姐比上学前更懂事了。一次,谢丽珍夫妇俩带她俩去水上乐园玩,买了门票后,里面很多项目还要另外给钱,看着爸爸从兜里掏钱,大女儿杨柳雯非常懂事地说:"爸爸不要拿那么多钱,这个我不玩了,让妹妹一个人玩就可以啦。"问她为什么,她说:"以前小姨带着玩过的,我们还是要节约。"在别的场合,她有想买的东西,也要先问问价钱,如果觉得价格贵了,就说不要了。同去的长辈们都会说,这孩子好懂事啊,这么小就知道为父母省钱。街坊邻居也常常夸谢丽珍,年纪轻轻,就把两个女儿都教育得那么懂事和有礼貌。走在街上,大老远呢,大人还没看见两孩子,就听两个孩子先给对方打招呼了。

遇到周围发生了什么事情,谢丽珍不会先去评价,她会先征询大女儿杨柳雯的看法,从女儿的说法里,辨别她的认知是否有偏差,若有就及时予以纠正。六岁多的女儿有时候也贪玩,跟同龄小姑娘疯玩到天黑不回家。出现这种情况,谢丽珍一般不会用"武力",而是跟她讲道理,有时候会把孩子说得满脸是泪,讲过这么一次后,好长一段时间,孩子都会按时回家。

提起在都市里流行的各种兴趣班，谢丽珍有着自己的看法，她承认兴趣班可以培养孩子的才艺。映秀这样的小镇没有什么兴趣班，自己的两个女儿在才艺方面肯定比不上城里的孩子，但生活在小镇上的孩子却有着城市里孩子没有的优点，比如，节俭、勤劳、孝敬长辈这些优良的传统品质，城市里的孩子就比不了。映秀镇上，也有很多家长希望子女将来有出息，他们把几岁的娃娃送到离映秀较近的都江堰城里就读，有的甚至从幼儿园开始就送去了。谢丽珍却并不盲从，她对这个问题也有自己的考虑："好处肯定有，考试分数高一些，英语说得好一些。"她说。孩子读寄宿学校，不能每天跟爸爸妈妈在一起，缺乏长辈教育，缺乏亲情。孩子待在学校里，多数时间跟同龄人在一起，能够要求平等自由，却忘了尊老爱幼。一旦把孩子送到外面上学，每周就只能周末回来，同父母在一起的时间少，孩子依恋父母，父母也宠爱孩子，彼此都有新鲜感，孩子有什么毛病，大人相对就宽容，甚至忽略了。另一方面，对于小孩来说，离开父母去一个陌生的环境里，内心会有恐惧感、孤独感，这恐惧感和孤独感呢，势必会影响孩子性格的健康成长。

谢丽珍选择让两个女儿留在身边，不是为了溺爱，而是为了陪伴孩子成长，见证她们的快乐与进步。人的一生有很多次抉择，最初，在哪里念书是父母帮孩子抉择，稍大一些后会让她们自己抉择，作为母亲，能参与这个过程是一件美好的事。

在谢丽珍娓娓的讲述中，不知不觉，时间已到了深夜。想着她忙碌了一天，而我明天还要去汶川，于是我说，你看，时间晚了，你们也该休息了。坐在一旁的杨和江赶紧说，对呀，向老师也累了，也该歇着了。

我起身，同客栈两夫妻告别，然后下楼，去小街对面的客栈歇息。

站在夜晚静静的小镇街上，头顶上空，那场将街面冲洗得干干净净的大雨，不知什么时候停了。蔚蓝色的夜空中，挂着几颗稀疏的星星……

明天，是一个晴天。

篇四　YX型家庭

长大了要当保姆的女孩

"我长大了后当保姆，当了保姆妈妈就可以不这么辛苦了。"

——红白镇·女孩杨子依

70后的张辉蓉是这部《废墟上的"小太阳"》的采访序幕拉开之后，第二个带着孩子"出场"的人物。

见到张辉蓉是在什邡的一家酒店的饭桌上。酒宴是在红白镇开白酒作坊的朋友陈维刚请客。请客的理由是陈维刚在广州工作的儿子陈诚的儿子，即陈维刚的孙儿满月，满月酒加喜酒——陈诚结婚，陈维刚家乡什邡红白镇的父老乡亲们前来贺喜喝喜酒。

酒宴过后，陈维刚将事前约好的张辉蓉叫到我跟前，双方介绍后，我们去了休息间。

与张辉蓉一同来的是她八岁的女儿杨子依。

让张辉蓉感动的不是没有结过婚比她还小几岁的杨达坚娶了离过婚再婚的她，而是杨达坚在同自己结婚时主动提出不再要娃娃。他的理由是：再要一个孩子会影响到两个娃娃的感情，因为两个孩子毕竟不是一个父母生的——虽说手心手背都是肉，但手心的肉是不是比手背的肉多些？一旦在抚养孩子和教育上对两个娃娃出现差别，夫妻之间会由此产生矛盾，两个孩子之间也会受到伤害。

更难得的是，杨达坚将这难得的表态具体落实到了行动上。他把张辉蓉同前夫生的女儿完全当成了自己的女儿。对娃娃相当好，好得甚至有些过头。他自己不舍得吃，不舍得穿，但女儿要，他就会给买。有一次，女儿看见同学背了一个卡通书包，想要。杨达坚找遍了整个红白镇，没有。镇上没有，外头肯定有，于是骑了摩托跑去什邡给买。为这事呢，张辉蓉还跟他吵嘴，说你也太惯视娃娃了呀。

"5·12"地震发生时，女儿不到十一岁，读小学五年级。很乖，很听话。每天早上都是女儿比他们先起床，给妈妈盖被子，让妈妈再睡一会儿。去学校前，如果时间来得及，女儿还会把妈妈头天换下来的衣服给洗了，才走。女儿说，妈妈身体不好，她要帮妈妈。

张辉蓉的娘家在红白，女儿在红白上小学。她的爸妈在红白开了一家豆腐作坊，在镇上的几家豆腐坊中排名第二，仅次于但氏。

地震后老爸还做豆腐，张辉蓉就没有再帮父亲了。

她同杨达坚从红白镇搬去了什邡。

孩子没了，房子没了，但日子还得过下去。很多志愿者来看望他们，安慰他们，让他们渐渐走出了阴影。

地震第二年，张辉蓉35岁，去医院检查身体，准备重新带一个。怀上后，三个月查出来说是前置胎盘，很不好哦。如果出现出血情况，就很危险，总之要格外小心。医生让她保持好心情，绝对不能干重活。

家里呢，也没让她做啥重活。

到怀孕后期，都还好，都没有出血情况，可能是老天保佑吧？就是多恼火。自从怀上这女儿到生下来，就很难受。反应就特别强烈，恶心、呕吐。闻到油烟恶心，见人吃豆腐也恶心。吃啥都吐，吐得翻肠倒肚。可能是心理压力太大了吧，才造成的这种现象。

怀孕快到38周时，受不了了，去找了医生，让给剖腹产。医生用听诊器诊断后，劝她最好怀足月才生。她说实在难受得要命，后面的一个月怕是坚持不了了。"嗯——"医生咬了一下嘴唇,"那你无论如何要怀满38周,到时候你再来吧,啊。"

终于熬满38周,快要9个月了,她到什邡妇幼保健院要求医生给剖腹。她很坚决,医生没有再坚持,给剖了。怀头一个,也就是地震中走了的那个女儿,基本就没有什么反应。

这剖腹产下的女儿张辉蓉夫妇给她取名叫:杨子依。

这杨子依可真是"依"哦,而且只"依"她张辉蓉一个人。女儿一生下来就特别认人,不要任何人带,只认她这个妈,就黏她这个当妈的。

站在旁边的杨子依觉得妈妈说得不对:"哪个说的哟,我姐姐还带我呢!"

妈妈笑了:"那是你长到一两岁后的事了。"一天24小时,除了睡觉,基本上不离手。当时住在板房,很多人喜欢她,要抱她,她就是不要人家抱。看见那些想抱她的人就哭。你把她硬抱过去她就哭得更凶。

活泼开朗的杨子依补充妈妈没有说到的:"板房是一家人住一间。我爷爷一个人住一间,住在我们隔壁。"

地震后,豆腐坊开不成了,但要生活呀,她爸就去打工,考虑到女儿刚出生,没有走远,就在什邡。

娃娃还挑食。这也不吃,那也不吃。后来才好了,不那么挑了。吃奶吃了九个月,奶水虽然足,她就是不长肉,带她去看医生。医生跟当妈的说你那奶水没营养。大概是心情一直不大好,自己胃口也不好,奶水才没营养的。既然没营养,那就给断了吧。断了后喂奶粉。吃奶粉,也不咋吃东西,娃儿多挑嘴。吃奶时她不吃奶粉,改吃奶粉了,她还是不咋吃东西。好受罪哦。

女儿她爸见了很心痛,就给买零食。孩子就更不爱吃正餐。有时,惹恼了她,她爸就说,爸爸的错爸爸的错,你打你打。她当真就朝她爸身上下拳头。两只小拳头雨点般地砸向她爸身上、头上、脸上,打痛了,痛得她爸嘴都咧歪了，她爸也不喊停。

地震后，张辉蓉跟杨达坚搬来了什邡，女儿杨子依呢，就在什邡朝阳小学上学了。

杨子依今年上二年级，但性子慢，绵得很，做事摸（磨叽的意思）。这一点不像张辉蓉和孩子她爸。

"我也没有好慢嘛。"杨子依说，"不急，慢慢来。"

"老师布置的课堂作业你做得完吗？"我问。

"嗯，做得完，一般下课就做得完。"小女孩说，"我都是在下课时做完的。"

妈妈看女儿一眼继续往下说。我去学校接她，她基本上都是最后一个，或者最后两三个做完作业的。看女儿不高兴，妈妈就说："难道我说错了吗？"

"没有！"女儿倒是干脆，"啊说错了！"停了一下，"我总比慢慢慢的要快些哦。"说完朝妈妈撇了一下嘴。

可爱的小调皮鬼！

"到现在，她都读了三个学校了。"当妈的说。

"四个！"女儿大声说。

"对，是四个，包括幼儿园在内。"妈妈说，"从红白搬来后我们住在什邡灵杰，灵杰是工业园区，杨子依是在灵杰读的私人幼儿园。"停顿了一下，"还算好，地震时我们家就女儿一个人遭了。"

"哪个说的哟，我们家有家公、家婆（外公、外婆），爷爷、奶奶，舅舅、舅妈，姐姐、弟弟，还有爸爸、妈妈。还有好多人哦，还有大孃。"女儿把妈妈的"我们家就女儿一人遭了"的"女儿"听成了她，于是赶紧予以纠正。

妈妈看女儿一眼："她还是敏感。"然后把目光转向我，"都想有个好的学习环境嘛，尤其像我们这种经历过大地震再生的家庭，更是希望日子过得平平安安。我们从红白搬来什邡后就找关系,联系好一点的学校,不然咋办?"停顿一下,"离开红白还有一个重要原因,'5·12'以后的红白不好找活干了。'5·12'以前,有好几家氮磷肥厂,其中宏达厂就解决了近一千人的就业。地震后,宏达厂迁来什邡后,那几家小厂就关闭了。"

"这我听说了。"我说,"你刚才说带这个娃娃很费神,除了生下来只黏你一人,吃奶不乖,还有哪些呢?"

张辉蓉看我一眼,又看女儿一眼:"嗯,你来给作家爷爷说!"

我看着孩子:"小妹妹,跟爷爷说说你都有哪些优点?"

孩子睁着一双明亮的眼睛看我:"优点嘛,就是爱举手回答老师问题。天天我都举手!"

妈妈在一旁插话:"这娃娃爱说话,嘴巴乖。哦,跳舞跳得好。"

"参加舞蹈兴趣班了?"我说。

"对呀。"张辉蓉说,"这地震后生的第二个娃,想方设法都要给她创造好一点的成长条件啦!没办法,是要花钱,我们家也没什么钱,现在就她爸一个人挣钱,一个人挣钱主要就花在这女儿身上了。"

"如今的三口之家,三个人中,孩子无疑是其中花钱最多的一个。"我说,"这种现象集中表现在经济改革后,近年是越来越突出了。唯一的是,一直呼唤了好些年的九年义务制教育终于兑现了。小学六年,初中三年的学费不用交了,但生活费和各种兴趣班的费用却是少不了的。"

孩子的妈妈点头赞同。

"我开始跳拉丁舞,后来又改跳其他舞了。然后呢,又不跳了,然后呢,曾老师又开了一个辅导班。要补习的就去,然后呢……"

性子慢的孩子,说话的速度却跟打机关枪一样。

妈妈笑了:"她就这样,大人说话,她就爱在旁边抢着说话。呃——她们小学辅导班一个月三百五十元。资料费,订报费近一百元,就四百多了吧。舞蹈班的费用，一年下来要一千元。"顿了一下，"仅仅是辅导班、资料订报费和舞蹈班费用，一年就将近两千元了。再算上每个月120元生活费，十个月（扣除两个月寒暑假）1200元。也就是说，娃娃一年花销的费用就三千元出头了。"

"不可细算哦。"我说，"孩子花的钱占得到你们全部收入的几分之几，占得到八分之一吗？"

"大约十分之一左右吧，"张辉蓉想了想，"好在我和老公都在上班。要只是一个人上班就紧张多了。当然，这没算买医疗保险和养老保险，要算上这数额就大了。"

这时，坐在旁边一直没吭声的表姐插了话："我妹是在我哥厂里头上班，人家是照顾她。"

表妹点头承认：在厂里干的是轻松活，钱拿得少些，月收入2000元，老公多一点，每月3000元，不多，但能维持生活。关键是回到家里还有精力照看娃娃。

小学一二年级放学早，周一至周五，只有周三四点过放学，其余的四天，三点半就放了，得去学校接。

接女儿出来，走在路上，有认识却不那么熟悉的人问张辉蓉："这是你家老二吗？"张辉蓉正色道："啥老二，我就这一个。"女儿在旁边赶紧插话："不对，我还有一个姐姐！"她三岁上幼儿园时，就知道了那个一直没有见过面的她的姐姐了，也不晓得她是从哪儿听到的。

"我是在影集里看到姐姐的。看到很像我，就问奶奶这个人是不是我姐姐呀？"

"噢。"妈妈感慨道，"既然知道了那就没有必要再瞒了。去年清明节，我们回红白镇给大女儿烧纸，便带着她去了。除了清明，'5·12'周年祭日，七月半鬼节，一年回去三次。"

我朝妈妈点点头，然后转向女儿："你最喜欢看什么电视节目？"

"《熊出没》！"孩子说。

"长大了想干什么？"不巧，我的问话刚好被一辆从走廊上过来的推车的车轮给碾压碎了，孩子没有听清楚。

"你说啥子？"孩子大声问我。

等推车过去后，我重复了一遍。

"爷爷问你将来的理想？"妈妈在一旁做着补充，"想干什么？"

"当保姆。"女孩说。

"啥——当保姆？"我有点惊讶。

"是呀，"孩子一本正经，"妈妈带我好辛苦，以后我当了保姆就可以不让妈妈这么辛苦了。"

可爱的孩子！典型的孩子思维！

正当我站在孩子的角度，沉浸在孩子的思维里时，旁边的妈妈说话了："你看这娃儿！"张辉蓉的脸上露出一丝苦笑，"现在的一些人爱说中国梦，我这个娃儿倒好，她的梦就是将来当保姆。"

我笑笑，对妈妈说，你别小看了你女儿的梦，这个梦包含着对你这个当妈妈的全部爱和报答呀。

"噢。"张辉蓉看着我，"娃儿还小，她的话当不得真。"停了一下，"这娃儿虽然爱叽叽喳喳，倒也聪明，有时也心疼我和她爸。"

"就是嘛！你女儿说的'当了保姆就可以不让妈妈这么辛苦了'。她是为了不让妈妈辛苦才想去当保姆的呀。"我说。

张辉蓉笑了。

篇五 罗汉寺的罗汉娃

第一章 衲子，不一般的百衲衣

> 衲子，汉语词汇，出家人。百衲衣，袈裟也。然，此百衲衣非彼百衲衣，此百衲衣从108名罗汉娃穿过的衣服上剪下108块布片拼缀而成。此百衲衣世间恐难有第二件。
>
> ——采访手记

与别处一些喧闹的寺庙不同，龙兴寺是一处位于繁华小城彭州北面的佛门净地。走进院门，抬头只见龙兴寺宝塔巍然屹立，塔尖与湛蓝的苍穹相接。望着与天接壤的湛蓝的塔尖，心头升腾起一种高远和宁静。当目光从仰望转为环顾，眼前便成了另一道风景：庙内，绿树掩映着红墙；不知名的花香淡淡地浮在空气里。长廊上，坐着许多鹤发老人，面容和善，或三两人闲谈，或独自一人靠着柱子闭目养神。

匆匆赶到成都彭州龙兴寺，就为与这位网名叫衲子的法师相见。衲子，名素全，法名智国，四川什邡罗汉寺住持。

与人相见要预约，见有名有地位的人更要预约，素全法师谈不上有地位（仅仅是寺庙一住持）却有"名气"，而且这名气超乎想象的响亮——"5·12"汶川大地震，其住持的罗汉寺让108名临盆母亲住进寺庙，108名"罗汉娃"由此诞生，由此就有了由大灾大难孕育的什邡神话，四川神话。

心仪创造这神话的人，却无缘得见。九年之后，因长篇报告文学《废墟上的"小太阳"》涉及当年罗汉娃前往拜访。拜访前用手机给素全法师发去一"求见"信：

素全大师傅台鉴：

　　我是报告文学作家向思宇。在什邡做实业的李通国先生给了我您的电话。当年"5·12"汶川大地震，蜀国山河破碎，川人一片呜咽！大师傅独以佛家大德大爱面对世间苦难：让108名临盆母亲住进寺庙……于是有了108名"罗汉娃"的什邡神话！四川神话！中国神话！此举令万人仰慕，亿万人传颂！此去九年，仍让吾辈追思感慨！故于6月12日去什邡罗汉寺拜访大师傅，寻当年"罗汉娃"几例，作为长篇纪实震后少儿成长手记《废墟上的"小太阳"》之精彩篇章。恳请大师傅允诺并帮忙联系。

向思宇于即日顿首

很快，素全回复于下：

　　阿弥陀佛！我在阿坝，回来联系你。

就读于与佛学不沾边的成都电子科技大学的素全，出家前曾任成都青羊区政府青少年教育办公室主任。2006年，出家14年的素全，入住四川什邡罗汉寺主持寺庙工作。2014年荣晋彭州龙兴寺方丈。

"5·12"汶川大地震，山河失色，大地悲恸。什邡市妇幼保健院滞留了38名产妇和孕妇，受地震波及，已毫无安全可言的医院被迫将所有人撤离到街上。没有水，没有电，连遮风避雨的帐篷也要临时搭建。刚生下孩子的产妇，马上要生的孕妇，以及围在身旁束手无策的家属，个个愁容满面，人人一筹莫展。被大家围着的妇幼保健院桂院长焦急地想着办法，忽然间想到了与医院一街之隔的罗汉寺。可是，佛门清静，寺庙忌讳血光，忌讳荤腥……然而，远比忌讳更要紧的是世间最宝贵的生命！情况刻不容缓！想到这一层，她顾不上也顾不得了！她跑进罗汉寺，迟疑着向住持素全法师说出了请求。

素全法师在沉默一分钟后便明确答应下来！她张了张嘴想说什么却什么也没有说，素全却代她说了："最大的忌讳是见死不救，其他的都不是忌讳。"素全还说，罗汉寺内有井，有发电机。有了水，有了电，你还愁什么？

是啊，一方住持顶着可能遭受的世俗的非议，倾寺庙所有（寺庙备有僧人一个月的粮食）为妇幼保健院解燃眉之急，一院之长的她还愁什么？她没有什么可愁了！

很快，滞留在街上刚生下孩子的妈妈和马上要生孩子的妈妈，连同他们的家属统统进了罗汉寺，住满了寺院的各个角落。突然暴增这么多人，原本可供3000人吃一个月的食粮，三天就见了底。

5月14日，寺庙七十多名僧人将剩下的粮食用来熬了稀粥，全部给了产妇。颗米未沾的僧人们由此饿了一天肚子。

沐浴着世间大爱，一个又一个的新生命，依次降临人间：5月12日至7月31日两个多月时间内，什邡罗汉寺共出生107个新生儿，其中88个是在禅床上出生的。

107？只有107？再增加一个就好。佛家认为，108才是一个吉祥数。

说这话的人是上海龙华寺的方丈赵晨刚。赵晨刚跟素全说这话几个小时后，有一绵竹的产妇路过什邡，羊水破了，必须马上生产，在什邡停下来，住进罗汉寺，生下了宝宝，由此凑齐108个罗汉娃。

阿弥陀佛！

除了这最后生下的李千烨，素全法师记忆深刻的还有另外两个宝宝。

向思宇在彭州龙兴寺采访什邡罗汉寺主持素全法师

"5·12"当天晚上,天上下着暴雨,那呼喊着、吼叫着的雨声在素全听来,像是在为眼前这群地震中的罹难者鸣冤。突然,间隙的雨声中传来一声婴儿的啼哭!声音尽管微弱却格外清晰。啊啊,那是婴儿的啼哭,是新生命的召唤!很快,循着这哭声,人们在饭堂里找到了临产孩子的母亲。那是医生打着手电筒,剖腹产下的女婴。之后,素全为这孩子起名叫:唐震雯。震雯,标志着在地震时生下的第一个女孩。

第八个出生的孩子叫张弘扬。小弘扬的母亲进来时非常危险,46岁,高龄产妇,第二胎,大出血,情况很紧急。医疗条件有限的什邡保健医院,怕耽误产妇和孩子,该院桂院长不敢接收。孩子的父亲找到素全,素全去找桂院长,他跟桂院长说:"你无论如何得收啊,救人一命胜造七级浮屠哦。"收下高龄初产的母亲正犯难(现有的医疗设备以及处理这类病情缺乏经验)的桂院长,赶上南京军区85部队医院入驻罗汉寺,在军医和妇幼保健院医生的共同会诊下,为难产妈妈顺利做了剖腹产手术。孩子的父亲感动不已,跪在地上恳请素全法师给孩子起个名。素全给起了"张弘扬"。希望孩子长大以后，同所有在罗汉寺里出生的罗汉娃一样，成为一盏灯，即便是一盏如萤火虫般微弱光亮的灯，也能照亮别人，温暖自己。

讲完以上三个罗汉娃，素全法师的语调变得愈加平静，他说，过去的事情就让它过去吧！我理解你们作家，是想通过罗汉娃再现一个民族的品质和精神，这是好事情。等学校放了假，我联系上他们，从中找几家有代表性的，你们同他们再沟通吧！出家人修行，更希望清静无为。"十方所有世间灯，最初成就菩提者"。佛经上这两句话是说世间所有能见到的光明，所有圣贤之人，都是无私奉献之人。素全讲自己所以能在那一刻做出看似违背寺庙忌讳的事，出手相救危难中的母子，源于八祖马祖道一和太虚大师二位佛门先贤。马祖主张道不用修，或者说任心为修。"即心是佛，非心非佛"，"平常心是道"，让"顿悟"说付诸实行，取代了看经坐禅的传统。太虚大师呢，则提倡以乘佛教"舍己利人""饶益有情"的精神去改进社会和人类。1942年，华西佛学院51名学僧受罗汉寺方丈太虚大师感召，毅然决然地脱下僧服，穿上戎装，远赴印度抗日救国，无一生还地牺牲在缅甸的原始丛林里。

讲完，素全法师轻轻闭上了眼睛。那是静默，一种对所崇敬的人的静默。

"是否可以这样理解，"待素全睁开眼睛时，我看着他，说，"当年51名学僧受太虚大师感召，义无反顾地奔赴印度抗日救国，今天的你则率寺庙众僧和108名临盆母亲，以及他们的家人齐心合力抗震救灾，从而有了声名远播的罗汉娃。"

素全笑而不答。

"2006年我来罗汉寺任主持，便在寺内主持修建了一座塔，建造这塔的愿望是为远去的灵魂创建一个回归的家园，这座塔名为'尊胜陀罗尼塔'，是根据《佛顶尊胜陀罗尼经》这部经书取的名，由著名老作家马识途题字。"5·12"大地震过去九年了，这场牵动世界眼光的灾难留给我最大的感悟就是：当国家和人民需要的时候，和平年代在家休养的出家人就要发大光明，正大光明，不能有任何顾忌。如何发大光明？一千多年前的杜甫讲得很透彻。你听啊，'好雨知时节'，雨都要知时节，这知与不知呢就是智慧。作为一个好人，也要有智慧有知识，不能好心干坏事。啥子时节呢？下一句马上做出了回答：'当春乃发生。'当下是春天，就应该发生就必须发生。作为人，众生需要我们的时候，也要毫不犹豫地帮助众生。怎样发生呢？'随风潜入夜，'要有恰当的理由和借口，悄悄的，不知不觉地发生。'润物细无声。'润物在这儿是帮助别人的意思。细字又是啥意思？是仔细、体贴、入微。'无声'就是不要宣扬自己。诗人杜甫早就告诉我们，怎样对待世间万事万物。我们就是在那个时候做了自己该做的事，平平淡淡，简简单单，没有什么了不起。"

素全法师淡忘了，可得到过他帮助的罗汉娃的父母们不会忘也忘不了。第九个罗汉娃的父亲罗文松，代表108名罗汉娃家长心愿，在地震三周年前夕送给素全师傅的特制的百衲衣便是罗汉娃家长们忘不了的最好标志。

"5·12"三周年祭日前夕，当年第九个罗汉娃的父亲，32岁的服装厂老板罗文松，跑遍了什邡的19个乡镇，挨家挨户去拜访"罗汉娃"，只为讨要一件娃娃们穿过的小衣服。他要用娃娃们的小衣服缝制一件特别的百衲衣，在一个特殊的场合送给一个特殊的人。念头源于半个月前，那天看着妻子整理女儿的旧衣服，罗文松突发奇想：何不搜集齐罗汉娃们的小衣服，从这些小衣服上剪下一块布，缝制成一件百衲衣，送给罗汉寺主持素全师傅呢？

这个想法太好太妙太绝！

罗文松说出这一想法时，当即得到在服装厂干过多年的妻子的热烈响应。之后，夫妻二人实行了分工：罗文松负责找罗汉娃们穿过的小衣服，妻子负责缝制。

做一件衣服不难，难的是用碎片拼缀，更难的是要从孩子们穿过的衣服上剪下108块碎片来拼缀。那些天里，罗文松顶着日头，行走在乡间路上，跑东家走西家，10天下来，终于将108名罗汉娃穿过的衣服搜集齐了，守着面前一大堆花花绿绿带着奶香味的小衣服，像是守着一堆难得一见的稀世珍宝！

然后裁剪；细心裁剪了整整三天。

然后，交由妻子缝制。那一刻，坐在缝纫机前的妻子，怀揣着缝制嫁妆般的喜悦和参加大考一样的神圣，一针针一线线，耗时七天，整整一个星期，一件特殊的百衲衣终于缝制成了。

几天后，在娃娃们庆祝三岁生日（"5·12"三周年祭日）会上，罗文松代表108名罗汉娃的家长，双手捧着这件用一块大红绸缎精心包了边，散发着淡淡奶香味的百衲衣送给了素全法师。当素全法师披上身时，全场响起噼噼啪啪的掌声！经久不息的掌声中，台上台下好多人激动得流下了眼泪。

告别素全法师，出了龙兴寺，重新进入与寺庙一墙之隔的彭州城。

县城，车水马龙，人流熙熙攘攘；墙内，寺院佛塔，青灰的殿脊，苍绿的参天古木……回望龙兴寺，守护寺庙的杏黄高墙肃然穆然凛凛然。嗟呼，站千年而不倦怠，守岁月而不疲惫的杏黄高墙！一道寺庙高墙，一条佛门与尘世的分界线。佛门，普度众生；尘世，感染佛门；两个世界交互存在，互为因果。

阿弥陀佛！

第二章 "先天不足"的肖子轩

为了生存，我们成了现代版的牛郎织女。大人苦点没啥，难的是苦了家中的老人和孩子。老人要种庄稼，要帮我们照顾孩子。孩子呢，既少父爱，又少母爱。上欠老，下欠小，真是亏欠得慌！

——什邡禾丰镇·肖世勇

那天，我们赶到德阳什邡罗汉寺，时间已近中午。

九岁的肖子轩，是当年"5·12"大地震中诞生于罗汉寺内的108个罗汉娃中的第10个。皮肤白净、面色红润的肖子轩看上去不像"先天不足"。当我们提到孩子的成长和教育时，肖子轩的爸爸、妈妈略微有些拘谨，相互看一眼；爸爸肖世勇搓着手，长吁了一口气，不知从何说起。看得出，他们还有一些顾虑，怕孩子知道太多，会在心头留下阴影。为了让谈话变得轻松一点，我讲起在映秀采访的见闻，告诉他们，孩子其实比我们想象的要坚强得多。

这时，肖子轩从妈妈背后探出脑袋，说了："女士优先，男士靠边，妈妈先讲。"

孩子的话把大家逗笑了。

肖子轩长得像妈妈，皮肤白净，身体结实，不像是患过先天性心脏病。这个家庭走到今天，经历了常人难以想象的磨难。好在，孩子已经在罗汉寺主持素全法师和很多爱心人士的帮助下，在四川最好的医院做了手术，手术后按医生要求复查过两次，基本上没问题了。

35岁的黄启丽，身穿红白相间的T恤和牛仔裙，与丈夫肖世勇黝黑的皮肤相比，明显白净得多，面相比实际年龄年轻几岁。为了生存，两口子各自在外辗转奔波，丈夫长期在外打工，妻子在成都郫县的富士康做事。女儿肖子轩寄养在外婆家里。这半年来，他们一家三口第一次聚在一起。肖世勇说他跟老婆像现代版的牛郎织女，一年到头难得见上几回。

"不容易啊，"我感慨道，"我们同你们见面也不容易。首先是见素全法师不容易，德阳作协主席介绍给什邡作协主席，什邡作协介绍给搞实业与罗汉寺有联系的李通国，李通国联系上素全。再由素全介绍志愿者罗文松，罗文松联系肖世勇。你看多少人帮忙才有了我们今天的见面？见你们可比见习大大难哪——每天晚上的新闻我都能见到习大大呢！"

大家伙都笑了。

"真是缘分哦。"肖世勇也颇有感慨。他说老婆打工的郫县富士康今天盘点，他呢在成都青白江大弯火车站高空作业，刚做完一个工程，回什邡同妻儿见面。罗文松打电话给他，说是有作家要采访他一家三口。他刚好要回什邡，也才有了这次的相见。

今年40岁，常年在建筑工地干活的肖世勇，皮肤黝黑，轮廓分明的脸上嵌着一双忧郁的眼睛。地震前的肖世勇一直没有一份稳定职业，哪里有活路就去哪里，没有活路就只能待在家里。老婆在郫县富士康上班，收入很少。那时，一大家子的生活费用主要依靠在厂里内退的父亲，父亲退休前是厂里锻工，内退后每月拿二百多元。内退后，原本身体就差的父亲身体更差了。老丈人是什邡马祖镇人。

肖子轩从两岁起就是她外公外婆给带。上幼儿园，上小学，娃娃都跟她家公家婆在一起。让他们欣慰的是，孩子虽然有点调皮，但学习努力，身体也还算好，从出生到七八个月，只感冒过一回。一岁左右那次有点凶，拉肚子，拉了几天，发烧。最吓人的还是诊断出先天性心脏病，此前孩子一直咳嗽，咳个不停。送她到什邡妇幼保健院，还是咳。输液时，黄医生把听诊器贴近肖子轩心肺，发现她的心跳跟正常人不一样。反复听了几次后，肯定地跟他们讲，这娃娃的心跳最少是二级至三级。4月27日那天，在妇幼保健院做了彩超检查。做了后不放心，又跑去什邡市人民医院检查。

这时，一旁的妻子黄启丽插了话，由于当时娃娃发烧很厉害，人民医院的几位医生都不愿意接手，他们说这个手术在什邡没法子做，让我们尽快去华西医院。在人民医院检查后，我们还去了什邡协和医院，三个医院都确诊子轩心脏有问题，可我们还是不肯相信，当天晚上就坐车去德阳，在德阳买了去成都的火车票。坐在火车上，一路忐忑不安，总希望这不是真的。总盼着华西能给出不同的诊断结果。

到了成都，又不熟悉路，到处打听，转了几趟车，才找到华西医院。医生先是听诊，后又做彩超。早上检查，下午四点多才看到结果。华西专家王教授跟他们说，孩子患了动脉导管未闭。啥叫动脉导管未闭？医院说就是通常说的先天性心脏病。先天性心脏病？可他们两家的家族都没有这种病的历史呀。医生解释说，孩子是先天发育不良。

"我当时就吓傻了！"一旁的肖世勇接上话头，"我没敢给家里人说。我哪还敢跟家里人说哦？这边娃儿在华西，那头的父亲一直在咳嗽、咯血。住院第二天，父亲检查的结果出来了：肺癌。"

我忍不住说了句"晴天霹雳"。

"晴天霹雳"再一次击中了肖世勇，面前这个坚强的汉子，眼眶立马湿润了，声音明显哽咽起来："真的是晴天霹雳呀，那一刻，我心头就一个想法，回什邡开了那辆摩托，朝着对面过来的汽车撞上去……"停顿一

向思宇（左二）采访先天性心脏病女孩肖子轩（左三）和她的父母

下，"撞死了，给家里人留下一笔钱！"又停一下，"我真是倒了血霉！两天之内，就摊上两件人家一辈子都摊不上的倒霉事情！"

难过归难过，可事情总得解决。

"那咋办呀？"他们急迫地问医生。

"要动手术。"医生说。

在华西动手术，他们钱不够，家里也拿不出动手术的几万块钱来。没办法，只好打算先回什邡人民医院退烧。退烧以后咋个办，就没去多想了。就在这时，想到了罗汉寺的素全法师。找到素全法师后，把他们碰到的困难跟素全讲了。素全法师马上同凤凰卫视佛教频道（他们一直在关注108个罗汉娃）联系，经凤凰卫视佛教频道播出后，社会上的一些好心人，很快把给娃儿动手术的钱送到了华西。当好心人将资助孩子做手术的钱放进他们手里时，那一刻，他们心头那份感动，就跟碰上菩萨一样！说到感动处，肖世勇再次泪湿了眼眶。"手术时，我和老婆守在手术室外，心头十分焦虑,三个多小时的手术,感觉像是过了几十年!那个紧张啊,完全像面临着生离死别!手术后,在华西医院住了十天左右,由于床位紧张,医院看孩子没什么异常后,就安排我们出院了。这期间,我妈也在什邡医院照顾我爸。"

"肖子轩出院后,身体状况很差,一个月内,我们都要带她去华西医院看两三次病。"黄启丽说。

肖子轩小时候体质就弱,一个月都要感冒两三次。特别是冬天,晚上睡觉爱蹬被子,常常生病。2010年黄启丽去郫县富士康打工,不久就被调去深圳。那时,孩子才一岁多,肯定离不开妈妈,那段时间当妈的特别想女儿。由于体质差,孩子经常感冒。孩子感冒一次,当妈的就哭一次。肖子轩呢,反倒不那么爱哭。孩子从小就好动,有时候身上摔得到处都是伤,但却不哭。不爱哭,但怕打针。有一次生病了要打针,在医院走廊看见穿白大褂的护士推着小车过来,白帽子,白口罩,只露出一双眼睛,可能是头一回见吧,吓得赶紧躲到妈妈身后,哭着说害怕。妈妈抱着她安慰她:"勇敢一点,疼就会少一点。越勇敢的孩子呢就越不会疼。"她也就不哭了。她不哭了,倒是当妈的看到细长的针扎进孩子稚嫩的屁股,心里却揪得紧,她却咬着牙没有哭一声。

"对孩子,我们觉得很亏欠。"肖世勇说。老婆加班,要从早上七点干到晚上七点,整整12个小时。回到家里,就想睡觉。很累。肖世勇呢,在外面工地干活,什么时候回家?就要看工程的工期了,有时半年,有时要一年。总之得等一个工程完工后才能回来。亏欠孩子,也亏欠双方父母。肖世勇的老丈人快六十了,家里情况也不大好,他们把孩子放外公外婆家,按照农村习惯,最起码也该交生活费,但他们一直没给过一分钱,只交了学费,没交过生活费。虽说是一家人,老的不计较,他们心头还是感觉不舒坦,觉得亏欠了两个老人。按说尽不了孝道,总得为两个老人买商业保险,就是养老保险什么的吧,可他们连这点能力也没有,就只给两个老的买了农村医疗保险,农合保险,每年100元那种。

讲到这里,肖世勇叹了口气。早些时候,娃儿上学远,外公外婆轮流着骑三轮接送去学校。外公患退化性关节炎后,很多时候,就只有请邻居帮忙接送孩子去学校了。

肖世勇的讲述在我眼前幻化成这样一幅画面:乡间小路上,一位老人蹬着三轮车,载着小孩,穿过田野,走过村庄;路边树木摇曳,桥下河水流淌……

渐渐地,车蹬不动了。

再渐渐地,乡间小路上没有了这辆车,蹬车的老人沮丧地坐在屋门口,眼巴巴地望着远处,等候着邻居带外孙女回来。

先前,肖世勇的父亲在老家开了个小茶坊,就是农村里大家喝茶,打打麻将那种。小茶坊每月有五百多块钱收入。父亲去世后,茶坊就没开了。老的很累,在外打工的他们也累,一家子都累。肖子轩乖巧,嘴甜,学习成绩好,邻居们都喜欢,也愿意替他们接送她去学校。一大家子就觉得呢,这苦不算啥了。生活很苦,但终归还有希望在。说起女儿,肖世勇总是很欣慰很骄傲。

现在娃娃病好了,基本上好完了。手术后去医院做过两次复查,第一次复查在半年后,第二次是一年以后,两次复查都没事。

不过,他们还是想尽量少让孩子知道她患过这病。肖子轩6岁时,有一次,可能是从同学那儿听到了什么,就问她妈:"我是不是得过心脏病?是不是做过手术?"他们说也不是不告诉她,只是想循序渐进地来。她现在还小,过早知道了,会产生自卑,在心头留下阴影。

这头孩子好了,那头又担忧老人。父亲患癌症,从发现到去世,才半年多。治疗,输液。到后头,靠打杜冷丁止痛。打得多了,医生都不给打了,但父亲还让医生给打,说是能坚持住。那针打进去,钻心般疼痛,豆大的汗珠在脸上淌,那一幕至今令肖世勇十分心痛。母亲六十多岁,身体也不好，肺上有问题，多半是早些年抽烟给抽的。在什邡，她那个年龄的女性几乎都会抽烟。在什邡烟厂干活，厂里要发烟。发的烟不抽白不抽，这白抽就把肺给抽坏了。

另外就是娃儿的学习，哪个来辅导？她现在成绩还好，再大些就说不好了。她现在做作业，外公外婆没法辅导，夫妇俩也没办法，即便不外出打工也辅导不了。城里的孩子有各种辅导班，乡下没有，有也交不起钱。她实在不懂的，就问她姐姐，她大爷的孙女。娃儿欠父爱，又欠母爱。他们感到很亏欠。肖世勇说自己心理承受能力强一点，老婆就差一点。比如刚才还高高兴兴，一听说娃儿得了病，即使得个感冒，她马上就会情绪低落，总觉得是自己的责任。

肖世勇跟黄启丽，是认识六年后结的婚。两人认识几个月后，就各自出外打工了。1998年，一起去北京做餐饮。当时在北京一个月能挣800元左右，这收入对于一个打工仔不算少了，只是不稳定，干得长的时候几个月，短的时候就个把月。断断续续干了几年。

2003年，北京发生非典，回来躲非典，顺便就把婚事给办了。结婚后又去北京做餐饮。

2005年，将打工的全部积蓄一万多元钱，在北京郊区开了家苍蝇馆子（四川方言：小餐馆），不到一年，这一万多元钱全部血本无归！原因是租人家的房子遭遇拆迁，房东得了赔偿，馆子却开不成了。好不容易积攒起来的一点本钱，一下子全没了！回到原点后，又老老实实打工。考虑在北京开苍蝇馆子积累了经验，还是打算在什邡开馆子，肖世勇去办健康证时，查出乙肝病毒携带者。由于这个原因，在要娃儿之前，他一直担着心，怕传染给娃儿。可在舅舅发生车祸去世不久，老婆却意外地怀孕了，他便只好放弃了外出打工。

老婆怀上孩子时，肖世勇在什邡川恒化工厂上班，一个月1100元。扣除摩托车油钱、每天中午饭钱，只落下几百元。最多的一个月拿了1280

元,那个月天天加班,没有休息一天。

"5·12"地震发生后,川恒化工厂改制,就下岗了。老婆在家带孩子,他又到处打零工。敏感的"5·12"再次勾起了肖世勇的回忆,他环顾四周"喏——"他指给我们看,现在喝茶的地方,就是九年前孩子出生的地方。2008年5月17日,罗汉寺里搭着帐篷,不,当时只有接生的手术室是帐篷,其他病房全是用彩条布(俗称花椒布)搭建的临时篷子。罗文松的娃儿是第九个罗汉娃,他们的娃儿是第十个罗汉娃。说来也巧,两个娃儿的妈也是床挨床。当天晚上雨大,风也大,把花椒布吹翻了,肖世勇跟罗文松,忙着去扯花椒布。

剖腹产的。只有剖腹。预产期五月六号,到了五月十三号,老婆的肚子还一点反应都没得,他们担心会不会有问题。跑到医院,着急地问医生,能不能检查一下。医院跟他们说,你看现在这个样子,哪还有条件给你们接生。没办法,又跑德阳东电医院,去查胎动。医生检查后说胎动正常。问能不能剖腹产?医生说你看还有床位吗?就在这时,他们在电视上看到什邡妇幼保健院搬到罗汉寺了。危急时刻,像是抓到了救命稻草!

他们于五月十七号赶到罗汉寺。这时,孩子的预产期已过了十一天。

肖世勇是亲眼看见医生将孩子从她妈肚子里剖腹取出来的,那个时间是:2008年5月17日10点48分。

肖子轩不到一岁,就会走路,六七个月就长了两颗牙齿。别人都说他们娃儿还可以,长得好,脚杆劲也好(四川方言:腿脚有力),牙齿也长得好,孩子性格还很活泼。

提到女儿的好,妈妈黄启丽的脸上溢满了幸福的光泽。黄启丽说肖子轩上学以后,老师夸她听话,很懂事,还让她当了纪律委员。学校里有什么课外活动,她都会积极地参加。

"哦,你们刚才问起抓周,呃——"5·12"周年祭日那天,罗汉寺给罗汉娃举行抓周活动,肖子轩正在华西医院住院,没法去现场抓周。凤凰卫视台的周老师，还有肖子轩的干妈，带了抓周的东西专程赶到华西医院，让孩子抓周。"肖子轩第一次抓了梳子，第二次抓了元宝，第三次抓了书。"肖世勇说。

"噢？"我说。

"女娃儿家嘛，爱好。第一次抓周抓了梳子，就是爱好的本能。"说这话时，妈妈黄启丽的嗔怪中分明有着满满的爱意。那一年冬天，大概三四岁吧，天气冷，肖子轩姑妈的嘴唇被霜风吹得干裂了，回家就对着镜子抹唇膏，那个唇膏略微带着粉色，涂完后看上去嘴唇显得圆润饱满。旁边的肖子轩一直仰着脸看姑妈一点一点抹完后，便伸手要唇膏。姑妈递给她，她捏在手头就舍不得放下，还举着唇膏跑过来问我："妈妈，这是什么？"之前她已经问过她姑妈。黄启丽觉得唇膏含有化学成分，不希望她玩，就告诉她："这是唇膏，姑妈嘴唇被风吹破了，所以才涂的。小孩子不要玩这些。"你猜她说啥？她跟妈妈说，我今天吃饭的时候，咬到嘴巴了，好疼，我也抹一点吧。

"近年主要在建筑工地干活，打杂，捆钢筋之类。挣一点钱都做了路费。圈子窄，认识人少，又没专业技术，找不到多少活路。这次在青白江，听说上海有活路，赶紧乘火车过去，待了两天，还是没得收获，又回来了。去年去马来西亚干了六个月，挣了四五万元，都拿来还债了。"肖世勇看着我，"目前日子虽然还是艰难，但女儿身体好了，而且最艰难的时候也过去了，随着女儿的成长，相信日子会一天天好起来的。"

"肯定会。"我们不约而同地说。

第三章　比相貌更美的是陪伴

> 作为母亲,应该在孩子成长最需要的那段时间(即性格成长的关键期)去陪伴他,哪怕牺牲自己喜爱的专业。牺牲专业是一时的,而短缺了这关键性的陪伴却极有可能误了孩子的一生。母亲也会因此遗憾终生。
>
> ——什邡·龙沙沙

龙沙沙走到什邡罗汉寺露天茶坊时,午后的阳光刚好移到茶坊边栽种的树木身上,从枝条缝隙间泻下的阳光照在她黑白相间的T恤上,形成耀眼的光斑,仿佛是流动的花纹。第一眼见到她,立马想到那个用得有些滥了的词"年轻貌美"。没错,用年轻貌美来形容眼前这位九岁孩子的母亲恰如其分。

貌美的龙沙沙不大喜欢交往,更少接受采访,由于同属罗汉娃父母,又因为闪亮学校共事的罗文松引荐,她无法推卸。问清楚要她讲的内容后,性格爽朗的龙沙沙坐在那儿,跟我们讲述孩子的事便如同面对家人唠家常。

孩子的预产期是6月10号,6月6日早上六点过,便觉得肚子开始轻微地疼,但并没放在心上。下午四点,疼痛开始加重,只好赶往临时驻扎在罗汉寺的什邡妇幼保健医院。医生做了一番检查后,建议剖腹产。龙沙沙认为顺产对孩子更好。再说,她也害怕肚子上划一刀影响美观,没有答应。半夜两点过,她疼得汗水浸透了衣服,却仍然咬牙说要顺产。一家人焦急地守护着，非常心疼，却又手足无措。母亲爱女心切，终于坚持不住，找护士要来电话，把医生请来做剖腹手术。医生赶过来，忙碌地准备着手术的器材。六月的天气，受地震影响变化得很快，手术开始时没下雨，手术进行过程中，突然狂风暴雨，豌豆大的雨点不断拍打着帐篷搭成的手术室。

狭窄简陋的手术室里，医护人员在有序地忙碌着。家人在一旁揪心地等待。

终于，一声新生儿的啼哭打破了沉闷，动听的婴儿啼哭像一道雨后的彩虹，划开夏夜的风雨，出现在帐篷顶上，然后绕室内游弋一圈，再款款地落在产床上，进入龙沙沙和她的亲人们心窝里。

闻听着婴儿啼哭声的亲人们长长地舒出一口气后，赶紧撑了雨伞，和医护人员一起把龙沙沙围住，像簇拥着一位登基的王后；然后抬着她，到另一边帐篷搭建的病房里。

房换了，淋湿的被子也换了。地上的脸盆、拖鞋被雨水冲得不知了去向。"当时只觉得终于生了，稀里糊涂的很高兴，事后还是感觉有点惊恐，担心炎症、并发症，害怕一些不可预见的问题发生。"龙沙沙说。

坐在一旁的另一位"罗汉娃"的父亲肖世勇对此深有同感，他说："当时都只想的是赶紧把娃娃生下来，哪里顾得上那么多哦。"

"讲到娃娃真担心收不住嘴。"龙沙沙的嘴角扬起甜蜜的微笑。这个幸福的妈妈，平常言语不多，说到孩子的事情，确实很健谈。她低头想了想，问道："你们还希望了解哪方面呢，我要知道个范围，不然说起来就没个完。"

我笑了笑，说道："你'说起来没个完'正是我们需要的呀。"然后跟她讲起罗明斯琪姊妹俩的一段温馨故事。

一旁的肖世勇插话说："你们家付梓航那么调皮，你就跟他们讲讲他淘气的事嘛。"

龙沙沙看一眼肖世勇，笑了："大家都说我孩子调皮，但是我自己觉得娃娃非常乖。他是有点调皮，坐不住，但是思维很活跃。"作为母亲，龙沙沙觉得付梓航还是属于听话的那一类。付梓航还有一个优点，这也是龙沙沙自己所拥有的：不管有多么不开心的事情，他很快就释放了，不会在心头搁多久。龙沙沙说自己平常也接触过一些心理学的案例，觉得乐观的生活态度是非常宝贵的。其次，她不希望孩子懦弱，什么都依赖别人，孩子早些时候她就注重培养他这方面的能力了。付梓航三岁的一天，奶奶出去买菜了，爸爸妈妈上班了，幼儿园放暑假，小家伙一个人在家。那时候，龙沙沙家喝的矿泉水是10元一桶的，正常情况下，送水工都能按时送到。但那几天，天气太热，用水量大有点供应不上。

"对不起，你要的10元一桶的没有了，只有15元一桶的。"送水工打电话给龙沙沙，"你看咋办？"

"没关系，孩子在家，你按门铃就行。"龙沙沙说。然后她打电话告诉孩子："把你存钱罐里的钱借出五元，给那个送水的叔叔。等妈妈回来还给你。"

付梓航在电话里明白了妈妈的意思，答应后挂了电话。没过多久，他听到了门铃声，从门洞里看到扛着桶装水的叔叔正是平常送水的那位，他把门打开，让叔叔进来，看叔叔从饮水机上将空桶换下后，他指着电视墙上："钱在那里。叔叔，你自己拿。"

叔叔逗他："我不能拿你的钱哦。"

他跟叔叔说我喊你拿的嘛。原来，放存钱罐的电视墙位置对他来说太高，可他不说自己拿不到。送水的叔叔笑了，走过去，伸手把存钱罐从上面拿下来，取出五元后，重新放了回去。

"叔叔再见。"付梓航热情地跟送水的叔叔告别。送水工弯下腰来，伸手摸摸他的小脸蛋，笑道："付梓航再见。"

"比起多数同龄的孩子，我家付梓航够能干了吧？"龙沙沙有点得意,更能干的事还在后头呢!四岁那年,他想去西藏的姨爹姨妈那里玩,但龙沙沙和老公都没有时间送他去。后来想到航空公司有无人陪同乘客服务,就打算让孩子跟着乘务组的空姐过去,到了西藏机场,孩子他姨妈凭身份证来接就可以了。她给孩子说了让他跟乘务组人员去西藏机场,飞机上有空姐照顾,到了那边有姨妈来接,孩子觉得好玩也愿意。可他们问了航空公司才知道,无人陪同乘客服务的孩子必须得要五岁以上。不满五岁坐飞机就必须要有同行的大人护送,可是他们到哪里去找这么凑巧的大人呢,还得是熟识的!

孩子听说不能托送非常沮丧。龙沙沙这边继续同在西藏工作的妹妹联系,妹妹那边说,在成都烟草公司办事处有个同事开完会正好要回西藏,可以让这个叔叔带上付梓航。龙沙沙和孩子他爸都不认识这个"叔叔",但既然是妹妹的同事,难得别人也愿意带孩子,那就问问孩子本人愿不愿意跟这个陌生的叔叔去呗。

罗鸿在什邡罗汉寺采访再生育家长龙沙沙(右)

孩子不说愿意也不说不愿意。她想他是要见了这个叔叔再做决定吧。两个大人拎着孩子的简单行李，去机场跟那个叔叔见面。

见到那个叔叔后，付梓航躲在他爸身后，手扯着他爸的衣服下摆。

龙沙沙弯下腰来跟付梓航说："要么你不去，要么就只能跟着这个叔叔去。"

躲在爸爸身后的孩子仔细打量着面前的叔叔：身材高大，皮肤黝黑，像电视中的大块头警察，又像——呃，像啥子人呢？

他们揣测孩子那会儿一定很纠结：跟前这个陌生的大块头叔叔让他感觉有点害怕，但又不想放弃去西藏的念头。犹豫了好久，像是终于做出了一个很大的决定，孩子飞快地逮到他爸的手使劲咬了一口，然后头也不回地跟着那个叔叔去了安检口。那决绝的潇洒的样子，颇有一种独来独往的男子汉气概。

那一刻，望着那个小小的走远的背影，龙沙沙说她的鼻子突然酸了一下，眼眶立马湿润起来：这毕竟是一个四岁的孩子第一次离开父母出远门哪！

不巧的是，那天西藏的航班延误了一个多小时，龙沙沙和老公坐在候机室里，很担心孩子给人家添麻烦。后来听妹妹在电话上说，付梓航在飞机上根本没有半点哭闹，他坐在飞机上看一会儿机舱外流动的云朵，玩一会儿手机，困一会儿觉，很是悠闲自得呢。下飞机远远地看到来接他的姨爹，马上奔跑着过去跟姨爹拥抱了。

"付梓航的社交能力非常强，他很有自己的一套，在这方面我和他爸都远不及他。"说到孩子的优点，龙沙沙自豪地笑着。他每次出去都会交到新朋友，最牛的是，坐飞机，每次都有额外的东西吃。那一次，付梓航和他爸从三亚回来。凑巧的是，往返都是同一架飞机，也是同一批空姐。这批空姐是第二次见到付梓航，她们把他带到休息舱，逗他玩，拿巧克力给他吃。整个旅途中，付梓航就和空姐待在一起，没有回到他爸身边。

那天回家时已经半夜了。第二天早上，龙沙沙看到付梓航手背上黑乎乎一小片，她拉起他的小手一看："咦，手上还有电话号码！"他跟妈妈说是飞机上那个漂亮姐姐的号码。这以后，他还和别人联系了好多次。

付梓航会交往，还有当领导的潜质。一般情况下，一群孩子在一起玩耍，不管是大朋友还是小朋友，百分之九十五以上都是他拿主意。他说怎么耍怎么耍，要做什么做什么，那些小朋友都听他的。

龙沙沙居住的生活小区和别的小区不一样，很多小区里的人很羡慕他们小区的氛围。小区的名字叫：聚贤雅居。

在龙沙沙看来，这聚贤雅居还真有几分名副其实。当然，小区里的贤人不是通常所说的社会名人和精英，而是过去说的乡贤吧？小区里的住户很多是农村来的，整个小区大约有一百多户，其中有很多像付梓航奶奶一样年龄的"婆婆大娘"。婆婆大娘们关系很好，经常约了一起耍，出外旅游。最有意思的是，她们在小区楼下做莴笋干，腌菜之类，做的时候你帮我，我帮你，那场景和谐、壮观。这样相互帮衬的情况只有在过去的乡村才会有，今天的乡村已经看不到了，在他们居住的聚贤雅居还能见到真的是很高兴！付梓航呢，经常被那些婆婆大娘们抱到楼下的超市玩，她们带他玩，逗他乐。

有一件事特别有趣：小区临街的铺面开设了一家宏达私立医院，有一次，付梓航的爸爸在这家私立医院看病，带的钱不够，他觉得每天进出都能见到医护人员，就跟护士说："我先把药带上楼去，等下把钱给你带下来。"

那个护士听了很惊讶："这个恐怕不得行！我们没有这样的规矩。"

付梓航的爸爸莞尔一笑："你放心嘛，我是付梓航的爸爸。"

护士一听，马上就笑了，说道："哎，你不早说，付梓航的爸爸，可以可以，拿走吧。"在聚贤雅居，儿子比爸爸有名气得多！

"付梓航小时候胖乎乎的，挺招人喜欢。他今年九岁，一米四，七十八斤。"有朋友经常问龙沙沙，你们给娃娃吃的什么啊，这么能长。龙沙沙呢，总是笑笑，"没办法，基因决定了的。"

付梓航还很喜欢看书。对此有朋友问龙沙沙，你是怎么让孩子喜欢上看书的？在这些朋友眼里，好动的付梓航静静地坐一边看书一定很可爱。龙沙沙想了想，说了："因为妈妈很懒哪。"自诩很懒的妈妈教孩子读书自有其懒的一套办法。付梓航五岁的时候，龙沙沙给他买了点读笔，在书上点到哪里，他就跟着读，孩子觉得好玩，就认识很多字了。后来她叫孩子读书，让他自己先认，认不到的字再问妈妈，她用这种方式让孩子爱上了阅读。这种懒说到底是把握住了孩子的兴趣点和兴奋点的因材施教，是在动脑子后想出来的看似懒却能调动孩子主观能动性的"勤"方法和好方法。

付梓航原来就看父母给他买的书，二年级以后最爱看的是漫画。龙沙沙说自己其实最希望的是他多读文学类的作品，比如曹文轩的作品，安徒生的童话，可他不怎么爱看他们的，喜欢看《三国演义》《西游记》，看小人书那种，有图片的。他喜欢的东西，会不厌其烦地读，比如《淘气包马小跳》。他每次看书，都从这本开始。马小跳是四川著名儿童文学作家杨红樱精心塑造的一个儿童人物。他长得不算帅，但健康；不是很聪明，却有幽默感；淘气、麻烦，但诚实、勇敢，还快乐。付梓航读马小跳读得多了，不知不觉间，也就跟着马小跳学。他跟妈妈说过，他最喜欢的就是马小跳。说着迷恋马小跳的儿子，龙沙沙从包里拿出一个比钥匙大不了多少的小玩具来，跟我们说："你们看，这么个小东西，紫色的光，连电筒都不算，他拿着它照着，躲到被窝里看漫画。"

怎么发现的？那天晚上，龙沙沙到孩子房里拿抽纸，屋里的灯已经关了，付梓航的被子捂得严严实实，屋子黑黢黢的，被子上面却有一团紫色的光，她觉得蹊跷，赶紧过去揭开了被子：付梓航立刻缩起身子，假装把眼睛眯着，小男生被抓现形的样子令龙沙沙哭笑不得。她立刻批评他，说这样会伤害眼睛，以后绝不允许再这样看漫画了。这件事后，龙沙沙自己也在反思，只要是有益的漫画，孩子还是可以看的，不能老禁止，因为你愈是禁止他愈是要看。

放暑假这段时间，奶奶管不了他，他爸在厂里上班，三班倒。龙沙沙要求儿子看看写作文的书，不许他老看电视、玩手机。为了让他看书有收获，她叫他把看过的书中描写人物的优美的句子给抄下来。她要的是描写外貌的优美的句子，但她没有跟他说。晚上回去检查，孩子抄了好几段，只有两段是描写人物外貌的。她就按照自己的想法去问孩子："你怎么没抄写人物外貌的？"孩子反驳她，你说的抄描写人物，又没说描写外貌，这些难道不是描写人物的？除了描写人物外貌，他还抄写了描写人物心理活动和人物动作的。"他说得有理，是我没有表达清楚。"龙沙沙说。今天早上她又叫他看作文书之后把描写天气的给抄写下来。他叹了一口气，说描写天气的好少啊，就抄描写景色的嘛。龙沙沙坚持说就要抄写天气的。他着急地说，没得啊，我怎么抄嘛。她便告诉他："妈妈的目的其实是希望你认真读书。读的过程中发现有，就写下来，没有，也没关系。但一定要认真读。"

"你希望孩子学文吗？"想着龙沙沙安排孩子抄写作文书里的优美句子，我这样问道。

没有呀，我们的孩子喜欢爵士舞，这方面和我的爱好也有关系。他进校后，我给他报了篮球兴趣班，因为他爸喜欢打篮球，我希望他爸教他，其实我并不喜欢球类运动，我只是觉得男孩子通过打篮球，可以强身健体，能长得高一些。而更重要的是，通过让他爸教他打篮球，父子俩在一起的时间多一些，也就是说父亲多一些陪伴儿子。

"你的想法很好。"我说，"孩子的成长，既要有母亲的陪伴，也不能少了父亲。换句话讲，父母在教育孩子的过程中都不能缺位。"我说。

付梓航在学校打篮球，却很少同他爸打。从报名起到现在，都打了三年了，这有点违背当妈的要他爸陪伴他的初衷，而且龙沙沙看得出他也并不是很喜欢篮球，篮球场上他一直在偷懒。因此她不想他继续打篮球了，他现在去打，就是为了能和其他人一起耍。早上送他到学校，晚上八点过去接他回家。下午四点半到五点半这段时间是学校篮球兴趣班打球。星期一、三下午都是，星期二、四是绘画班。如果周一、周三时间不够，周六、周日还要继续练球。她不想他继续打篮球还有一个原因，她发现他很多坏习惯都是从打篮球后才有的，比方说，讲脏话，打人。这还不算，更不好的是他居然学会了在小卖部赊账！他参加篮球兴趣班，龙沙沙一般要给他点零花钱，买饮料之类。学校外边那家小卖部的老板同他很熟，熟到没有钱也可以把东西拿走，记个账就行。当时知道了这件事龙沙沙很生气，这与自己当初让他去打篮球的初衷整个南辕北辙了！

她跟付梓航说要去找这个老板吵架，也要丢付梓航的面子。她觉得这个老板有问题啊，这么小的孩子你居然还给他赊账！孩子难受得很，坚决不同意她去。她想了想，觉得还是要给他一次机会，就把钱给了他叫他自己去还。她跟他说，"这件事你错了，以后再也不能这样做了。"他去把钱还了，之后再也没有去那家店子买过东西。当然，她私下还是背着孩子，去找过那家老板，跟对方讲了不能跟未成年人赊账的道理。

"你最初在钢琴培训班教钢琴，现在转行搞医药销售了，一个人放弃了自己所学和喜欢的专业，算是做出了很大的牺牲。你做出这个牺牲主要是为了陪伴孩子，你为什么要这样做？你觉得这样做值吗？"我问。

龙沙沙笑了笑，说道："一个称职的母亲应该在孩子成长最需要的那段时间去陪伴他，哪怕牺牲自己喜爱的专业。牺牲专业是一时的，而没有了这陪伴却极有可能误了孩子的一生，母亲也会因此遗憾终生。因此我觉得做出这种牺牲（何况只是一时的放弃）是必须的，也是值得的。"

付梓航上幼儿园时，龙沙沙在什邡钢琴培训班教钢琴，在小城算是小有名气。孩子上小学后，她就一直想找份朝九晚五能够享受双休日的工作，这样就有时间可以陪伴孩子。因为教钢琴的时间和孩子的学习时间刚好相反，一般来说，孩子休息、放假的时间，也是钢琴培训班开课的时间，如果要教钢琴就根本没法陪孩子。龙沙沙从孩子出生那一刻就有一个明确的认识：男孩子一旦上了初中，就很难再跟父母，包括母亲黏在一起，因此父母才要在趁孩子上小学这段时间尽量陪伴他，让孩子深切地感受父母给予的不失分寸的爱。等孩子再大一点，进了初中，不那么需要妈妈陪伴的时候，她再去教钢琴不迟。

还在付梓航刚出生时，龙沙沙就打算将自己同合作人办的钢琴学校转给别人，刚好，那个合作人也想去成都发展，钢琴学校很快就转出去了。转倒是转了，但承接钢琴班的人要求龙沙沙继续上钢琴课，并且跟她承诺：只让她上那种不会同付梓航的休息时间相冲突的课程。龙沙沙跟我解释："不是自己教得有多好，确实是什邡缺钢琴老师，很多钢琴专业的年轻人不愿意来什邡，因为什邡教钢琴的收入不及周边城市，而且还累，各方面的工作都要做，不止教弹琴，还包括陪练。"答应下来的龙沙沙当时跟对方提了一个条件：再上一段时间，等到了2014年，孩子上小学的时候，她就不再上钢琴课了。

"自从转到搞医药销售上头，将近三年没有再教钢琴了。"说这话时，龙沙沙分明流露出一种对钢琴的怀念，"虽然没有教钢琴了，但还在学校兼职，这个学校就是罗文松办的闪亮学校。"

"罗文松是闪亮学校的校长，你是这所学校的兼职会计，对吗？"我说。

龙沙沙点点头。

"办闪亮学校的初衷是为了帮助罗汉寺的108个罗汉娃树立自信，培养孩子们的演讲能力，今天已经扩大开去，面向社会了。"龙沙沙说，"学校是罗文松办的，我只是一个兼职会计，起的作用不大。"

我说我从罗文松那儿听说了这所学校。学校虽然不大，开设的课程也算单一，但对什邡和周边城市里的孩子们所起的作用还是不可替代的。

"倒也是啊。"龙沙沙表示赞同。

第四章　什邡有个罗文松

　　刚出生的妹妹正在睡觉，粉嘟嘟的，像个肉球。看见她心里好高兴：我有个妹妹了！只是这妹妹太黑了点。第一眼看到她，我就想怎么这么黑啊，是不是地震把她变黑的呀？

　　我管你只管到18岁，18岁后就要靠你自己。

——采访手记

　　七月初，进入小暑还有几天，天气还不算热，寺庙里愈显清凉。什邡罗汉寺露天茶坊聚集着喝茶的市民：有的惬意地躺在竹椅上；有的三五人围坐聊天；还有的独自闭目养神。一缕阳光从树丛里投射下来，掉落进茶杯，舒卷的茶叶在杯中纤毫毕现。

　　眼前的罗文松比想象的要年轻，黝黑的圆脸上不时露出微笑。看上去比实际年龄小，待人友善的罗文松端起杯子喝了一口茶，放下杯子，指了指我们所坐的地方："这个位置，我们坐的地方，就是当年108个罗汉娃的出生地。"当时搭了一个大帐篷，作为临时产房。坝子中间那个位置是一排病房，有十多个床位，并排挨着。我们住最后一个床位。我老婆生产时，我在旁边看着都有点不好意思，刚生下孩子，没穿裤子。在当时那种特殊情况下，想忌讳也没有条件忌讳。守候着生产的老婆，担心着随时会发生的余震。担心归担心，该来还得来。孩子刚生一会儿，就来了一次余震。余震发生时，警报拉得那个响，让人惊恐不安。明明晓得是余震，仍然感到恐惧。"现在回想起地震的时候，总会不由自主地感叹：觉得活着很好啊，活着真的是一种幸福。"罗文松说。

老婆的预产期是五月二号。生小女儿时，大女儿已经七岁。老婆在罗汉寺的产房里待了几个小时，也没有生出来，只好选择剖腹产。孩子出生的时候，罗文松忙着照顾妻女，这一方面让他感到欣慰，另一方面也成为他的遗憾：地震的时候没能够去当志愿者。"不过，老婆这边能走开后，他带着服装厂的工人去给军人们义务补衣服，也算是一种补救。工人们也没向他这个老板要一分工钱，他呢，只是管了大家的吃住。"他看我一眼，"我们这些罗汉娃和罗汉娃的家长最该感谢的是罗汉寺的素全师父。"

午饭后，大女儿罗明斯琪带着妹妹罗明贞希到罗汉寺来了。大女儿十六岁，个子高高的，很斯文，她穿着白裙子，手肘撑着下巴，安静地坐在椅子上，听我们交谈。小女儿就不一样了，前一分钟她可能还在她爸跟前撒娇，下一分钟很可能就和小朋友们捉迷藏去了。小女儿九岁，眼睛大大的，随时都在俏皮地笑着。

罗明斯琪说："我比妹妹大七岁，记忆不是很深刻，主要是被地震吓到了。第一眼看到她，我吃了一惊，怎么这么黑啊，是不是地震把她变这么黑的？"这充满孩子气的话把我们逗得哈哈大笑。

地震后，罗明斯琪所在的学校成了危房，那天，她跟着爸爸罗文松来到罗汉寺。刚出生的妹妹正在睡觉，粉嘟嘟的脸，像个肉球。"还是多可爱的，就是太黑了点。我心里好高兴，有个妹妹了。"罗汉寺坝子里搭着棚子，满坝子都是人。有的娃娃在哭，有的在睡觉。第一次看到这么多的小娃娃，罗明斯琪非常好奇和惊讶。

"真正有当姐姐的感受，是在第一次教她走路的时候。"罗明斯琪说，"我先是牵着她走，走得摇摇晃晃的，感觉不会摔，就小心翼翼地放了手,让她自己走。她在前面摇晃着走,我在后面战战兢兢地盯着,生怕她摔倒。看她摇着晃着走出一段路后,我高兴极了,赶紧跑上前去激动地抱起她来,抱到我妈那里大声喊:'妈,我妹可以走路了!'妈妈听说后,赶紧停了手中的活,眼睛睁得大大的,就说了一句:'真的吗?'我把妹妹放下地来,让她走给妈妈看。妈妈看了后高兴极了。那几天,我看到一个人就兴奋地对人家说:'你看,我妹可以走路了!'"

罗明斯琪上小学,妹妹罗明贞希上幼儿园。妈妈告诉罗明斯琪:"在幼儿园里,你妹和其他小朋友不一样,别人上课,她就睡觉。别人睡觉时,她在一旁玩耍,老师过来,她就往桌子下面钻。"

大家都觉得罗明贞希淘气,但在大七岁的姐姐眼里,妹妹却很懂事。吃饭的时候,小娃儿难免要将饭粒掉桌子上,别的小孩会把掉桌上的饭粒抹到地上去,妹妹则会用勺子把桌上的饭粒舀进碗里,接着吃。"我觉得我妹好乖,那么小就知道节约粮食。"罗明斯琪说。每次她做作业的时候,妹妹在一旁淘气地又蹦又跳,还吵着闹着要姐姐跟她玩。有的时候,妹妹还要伸手来扯姐姐的头发。看到姐姐生气了,伸出手要打她,她就躲到桌子底下,或者往床底下钻。"小时候,我和妹妹睡一张床。睡着后我爸过来看我们睡得老不老实。我爸和我妈给我们俩描述两姊妹睡着了的姿势:姐姐拉着妹妹的手,妹妹的腿搭在姐姐身上。两个娃儿就保持着这姿势一直睡到天亮,第二天起床还是那个样子。"

罗明斯琪说,爸妈都不偏心,他们买任何东西都是买两份,姐姐和妹妹一人一份。时间久了,妹妹也从爸妈身上学会了关心和体贴。他们带妹妹出去玩,如果要给她买礼物,她都会说也要给姐姐买,要给姐姐留一份。

听着女儿的讲述,罗文松脸上绽放出满意的笑容。地震后第三年,罗文松坚持把开了四五年的服装厂给卖了。

老婆很要强,觉得服装厂当初是为她而建的,由于市场因素,服装厂

罗鸿（右）在什邡罗汉寺采访罗文松和他的两个女儿

效益下滑，幸亏转卖出去了，否则就亏本了。她觉得自己没有坚持下去，没有得到她想要的回报，就想出去证明一下自己。那个时候一家人还住在乡下。2012年四五月份，老婆去了日本。

老婆去日本后，罗文松把两个女儿弄来什邡读书。老婆去日本的时候，家里也没什么积蓄。从乡下搬进城里，什么都得花钱。他得去挣钱呀，必须挣钱才能养活一家人。孩子的外婆也跟他们进了城，三婆孙在什邡租房子住。有外婆帮忙，他这个当爸的就没有后顾之忧了。外公留在乡下看家，侍弄几分地。

搬来什邡后，罗文松去成都开了家餐饮店。他周五从成都回来，周一开车把两个孩子送去学校，再去成都。那几年，无论多忙，周末他都要从成都赶回来。即便有特殊情况，再晚也要赶回来，因为这边有他的两个宝贝女儿。那几年，罗文松的生活轨迹就沿着"成都→什邡→成都"运行。这样两地来回奔忙的情况整整持续了三年。回顾这段日子，罗文松没有觉得自己奔波劳累，只是说外婆带孩子很辛苦。

这三年里发生了一件事，罗文松的弟弟骑摩托搭母亲上街，被车给撞了。撞了他们的车负全责，负全责的车司机逃逸了。后来，交警找到了逃逸者，但对方拿不出钱来，前后一共只给了两千块钱。被车撞伤的母亲，先送到什邡医院，医生说腿保不住。父亲立马把母亲送到成都华西医院。一个星期后，华西向他们出示了"腿保不住"的诊断结果。被车撞了的母亲的腿被锯掉了。那个前后只给了他们两千元钱的车主后来消失了，连车子都不要了。交警跟罗文松描述那个撞他们的车主可气又可怜的样子，说还没去找他，他就哭着来了。

"算了，看他那个样子，确实也拿不出钱来。"被锯掉了腿的母亲听说后，对罗文松他们说。

在罗文松的记忆里，他们家从小有一个传统，只要包里还有一元钱，只要能生活，就不给任何人添麻烦，包括那些给自己添了麻烦的人——母亲被人撞了还替撞了她的人着想是最典型的不给人添麻烦。

"岂止是不添麻烦，简直就是在宽恕人饶恕错误和罪过啊。"我感慨道。

"我们一家人的规矩就是这样。我也希望我的子女也这样。只要有能力帮助别人就尽量去帮，帮了人不要指望人家回报你。只要活着，就要努力。"罗文松坚定地说。

罗文松说自己没有给父母拿一分钱，有时候父母还问他们，需要钱不？他父母好客，远近闻名。由于好客，他们家里是有一分钱就用一分钱，存不起钱，也没想过存钱。他小时候有个记忆，三天之内，如果没有客人来我们家，那家里一定出了什么问题。从小到大到离开家，每天家里都有客人。只要逢场天，家里一定有客人来，坐着聊天，吃顿饭，家里很热闹。罗文松的父亲是做建筑的，一天挣一百块钱那种。他们一大家子到今天都没有分家。家庭氛围很好，相互之间从来不斤斤计较。

都说言传身教，罗文松的父母，当然还有罗文松本人，两代人，到了两个女儿这一代，该是三代人了。在乡下长大，受父母传统教育，进入城市打拼的罗文松，以自己敢拼肯吃苦和诚信待人影响教育着两个女儿，耳濡目染的两个女儿身上自然就具备了坚持、韧劲，懂事和孝顺等优点。这一点，在姐姐罗明斯琪的讲述中得到了印证。"大概是两三年前，我特别贪玩，有一次在超市里看到旱冰鞋，我叫爸爸给我买，爸爸买了两双，一双给我，一双给妹妹。拿回去以后，妹妹就扶着墙在那里滑，刚开始滑一下，摔倒一下。每次摔倒后，她又爬起来扶着墙壁继续滑。她学什么都很快，又很坚持，有时候连饭都顾不上吃也要学。每次家里人喊她吃饭了，她就说我再滑一会儿。那些天里，一放学回家，就先把旱冰鞋穿上，一个人扶着墙在那里练。三四天后，她就学会了，而且滑得很好。我就没有她那么坚持，一摔倒，我就觉得很痛，就不想滑了，内心很抗拒。经常是她拉着我说，姐，我们去滑旱冰吧。姐，我教你。你要保持平衡，扶着墙，试着往前滑。当初是我想要买旱冰鞋的，但是最先学会的是她。后来我也学会了，是在她的影响下会的，可我没有她滑得好。"

大女儿夸奖妹妹，让一旁的罗文松很受用。大女儿讲完两姐妹滑旱冰后，罗文松给我们讲了小女儿第一次受到老师表扬的事。

刚从乡下进城那年，她们的外婆脊椎做了手术，行动不大方便，外人看上去有点老年痴呆，走路不大平衡，手要发抖。那时候小女儿才五六岁，上学前班。外婆每天去接她，她一出校门口，便赶紧跑过来，搀扶着外婆走路。即使有不懂事的孩子在旁边笑话她，她也不管。她坚持搀扶着外婆一路朝前走。老师看见了，特意在班里表扬了罗明贞希，还告诉了罗文松。小女儿比他想象的要孝顺和懂事，这让罗文松心里很温暖。

搞实业的罗文松是个大忙人，可在陪伴两个女儿方面却一点不含糊。除了工作时间，他都要陪伴她们。双休日，他开了车带她们到处去旅游，大部分时间去什邡周边玩。通过旅游，让她们长见识，开拓眼界。外公不在她们身边，外婆少有时间带她们出去玩，但外婆对她们的生活起居要求很严格，这让她们养成了比较好的生活习惯。外婆虽然没有什么文化，但有素质，也很爱她们，因此，两个外孙女呢，也很爱外婆。

罗文松告诉我们，刚到什邡时，两姐妹还是有点自卑心理。读初一的大女儿很老实，从不乱花钱。小女儿就不同了，想要的东西就要找他这个爸爸给买。针对两个女儿不同的性格特点，罗文松采取了不同的态度。他带着两个女儿走在街上，他会告诉大女儿："你需要什么就买，钱可以随便用，爸爸不缺钱。"他知道大女儿很节约，有自控能力，他才这样说。而对看到什么就要买什么的小女儿，罗文松则会故意装穷："爸爸在外挣钱很不容易，要辛辛苦苦捡垃圾去卖。你说要捡多少个矿泉水瓶，才能给你买一个冰激凌啊。你要节约哦。"

说的次数多了，小女儿自然就信了。有一次，小女儿很认真地跟罗文松说："爸爸，你以后挣了钱就不要去捡垃圾了，好脏啊。"

罗文松心里窃喜，觉得孩子还是知道好歹的，他不动声色地说："你晓得脏就不要乱花钱哈。"他把目光转向我们，"我不会溺爱孩子，不会是她们说要什么就给什么。即使要给，那她们也得给我个理由，这理由不能说服我，起码你得让我感动吧。"

靠了素全师父帮助，罗明贞希进了什邡最好的学校，北京师范大学什邡附小。她很活泼，师父也很喜欢她。她六岁多就住校，罗文松夫妇有时候心里还是很舍不得，怕孩子吃不好，睡不好，有时候晚上就去学校大门等着，孩子下课后，就跟他们回家住。时间过得很快，转眼间孩子已经上小学三年级了。

罗文松也有很多困惑，他说有时候鬼灵精怪的小女儿向他提问，他不知道怎么问答，感觉非常为难。两个星期前吧，她妈妈生气打她，因为她不做作业。那天，她妈问她作业做完了吗，她说做完了，还检查好了。星期一，老师要她交作业，她说忘在家里了。老师不相信，就给罗文松夫妇打电话，说麻烦把你们女儿的作业送到学校来。他们在家里找遍了，怎么找都找不到。晚上去接她，她说作业已经交了。第二天早上，老师又给他们打电话说到学校去一趟，他俩去学校，了解到的情况是这样：罗明贞希没做作业，就撒谎说做了，放到家里了。中午她用一张纸把作业写到纸上交给老师。作业交了，做了，但时间不对，没有按时完成。罗文松找老师沟通交流该怎么教育孩子才好。老师说需要学校和家庭的共同努力。

那天晚上罗文松去接小女儿，问她："你为什么不做作业？"她说我做了啊。罗文松当时就起火了，瞪着眼说："你还在撒谎！"小女儿被他的凶相吓住了，就不敢吭声了。

罗文松问她为什么撒谎，小女儿委屈地说："爸爸其实我还是不想撒谎，但是我忍不住啊，你说我怎么办啊？"

听了话，罗文松当时也愣了，不知道怎么回答。他想了两分钟后才回答说："你不做作业，我觉得，你就是一个没有责任心的人，你不敢承担责任，你就撒谎，你这样不对。"

罗文松很困惑地看着我们，他觉得自己的回答不太好，但是至今仍然没有想到更好的回答。我忍不住跟他讲了自己的想法："你先不要轻易给孩子下定义，说他是一个怎样的人。你可以问她，你自己觉得撒谎好不好？你觉得这样做有什么后果？你希望这样的事情再发生吗？你还要让她回答：因为你的撒谎，爸爸妈妈在老师面前已经很尴尬了，你觉得这样做体面不？"

罗文松听后，点了点头。之后，又补上一句："这个孩子已经很多次撒谎了，我也很担心。"

我建议说，你如果当时没想好该怎么回答，你就说现在爸爸在开车，要为我们的安全负责。等你想好了之后，你再跟她谈。然后，我跟罗文松讲起北川旅游局秦副局长处理孩子撒谎的方法。秦副局长说孩子的撒谎如果不违背原则，她就装着没听见。在她看来，小孩子的撒谎有时候仅仅是小孩子的一种狡黠。对于孩子这种狡黠似的撒谎，她一般不予以追究。如果严重，关系到品行问题，那就不得行，就必须纠正过来。罗文松听后若有所思。

"我的父母都是农民，但他们教育我说：要把自己最大的潜能发挥出来。"罗文松高中毕业的时候，父母就对他说，你十八岁后就要学会自立了。十八岁后，你就不能再问我们要一分钱了。当然，我们做父母的也不会找你要一分钱。沿袭着父母对自己的教育，罗文松现在也这样教育他的两个女儿："我管你们只管到成人，你们独立以后就要靠自己了。"

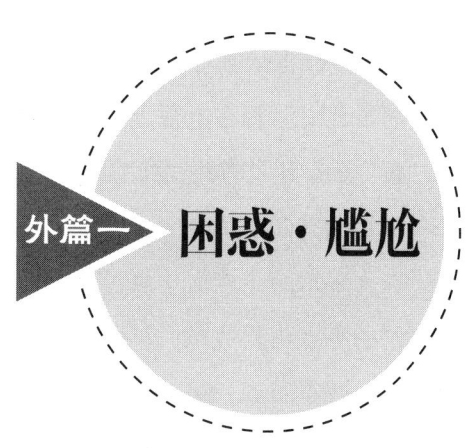

外篇一 困惑·尴尬

困惑的北川

北川羌族自治县是"5·12"汶川大地震后唯一移址重建的县城。异地重建的新北川尽管在电视上见过,听去北川的朋友说起过,但眼前新北川的"新"多少还是有些让我意外。

宏伟的建筑,宽敞的道路,整齐的行道树,聚集着多家银行的金融街,夺人眼球的羌族文化旅游景点,桥下淙淙流淌着的清澈的安昌河……最耀眼的亮点则要数融大英(英国)图书馆风格和羌族民俗特点于一体修建而成,获得国家一级(区县级)图书馆荣誉的北川图书馆和与此相邻的北川羌族民俗博物馆。新北川不止豪华,而且恢宏,安县的安昌镇、永安镇、黄土镇的常乐、红岩、顺义、红旗、温泉、东鱼6个村划归北川羌族自治县管辖(民政部(民函[2009]41号),北川羌族自治县面积由此增加215平方千米、人口增加7.8万余人。用"地广人稀"概括新北川一点也不为过。

地广人稀还表现在新北川的生意不好做。简言之,做生意的多,照顾生意的少。这一点,只要去新北川的商业街上走一走,看一看,就能得到证实。当然,这走走看看不要在节假日,就选平常的日子。其他震区,例如成都周边,有各种商业形态存在,做餐饮的,搞建筑的,或者开副食品商店,还可以离开故乡到外面去做。但北川不一样,北川人的生活方式原来就单一,人相对单纯,对外界的认识和平原一带、人口多的地方不一样。北川在地震前只有十五万人口,县城人口才两万。新北川的县城人口,主要来自南北两个地方,南边的是当地原住民,北边的主要是从老县城迁移过来的受灾人群。两个地方的生活习俗不一样，当地的原住民在地震中几乎没有什么损失，但老县城来的居民心里的伤痛很大。灾后重建，如果可以选择，老北川人更多愿意选择留在祖祖辈辈生活过的地方，更愿意过地震前那种安宁的生活。

每年的时间节点，清明节，"5·12"祭日，还有中元节（即民间所说的鬼节），会有外地人来参观地震遗址，来体验一下我们这个集中力量办大事的优越的社会制度。这些外地人想知道，在短短时间里，普通老百姓怎样得到妥善安置，怎样过上了幸福的生活。然而，即便这些外地人在地震遗址里走上十次、百次，都无法体会北川人的心情。他们不知道过去的北川，也不可能亲身感受瞬间摧毁一切的力量。他们无法理解北川这一代人的永远的悲痛！换句话说，北川人不希望外界去打破他们平静的生活，尤其是在每年的时间节点上去触碰。从这个角度上讲，外界对北川的关注过多，既是好事，也是坏事。

现任北川老龄工作委员会办公室主任贾德春，把地震后的九年分为三个阶段：

第一阶段是2008年到2011年，过渡安置，灾后重建，人们力图从悲痛中走出，用时间替换空间，把自己沉浸在忙碌中，忙碌地工作，忙碌地生活，忙碌地去找一个合适的人组建家庭，当然也忙碌地生孩子，照顾孩子，用这种疲于向前奔跑的方式，追逐着表象的平和与安宁。这个时期，也是新生儿出生最多的一段时间。

2012到2014年，这一阶段里，人们的生活和工作相对比较稳定，他们会用一种不太正常的心态去审视地震的创伤：假如没有地震我们会怎样，地震后和地震前有什么不同。这个时期里，矛盾多发，新生儿出生非常少。各种矛盾交替出现，有面临拆迁的，有亲人遇难的，有夫妻磨合不好、家庭争端不断的，诸多矛盾交织在一起，仿佛子弹已经上膛，随时都可能射出。北川人心里的弦再一次绷紧！

2014年到现在，人们开始进行反思：过去的终将过去，新生的必然要新生。地震虽然让我们感受了太多的苦难，但相对那些葬身废墟的人，也还算幸运，毕竟生命比苦难珍贵，活着比死去更需要忍耐和坚强。坚强地活，活出质量活出光亮，便是对死者最好的悼念，最好的追怀。

讲完了"地震后三个时段"，贾德春站在当事人的角度，针对重组家庭和再生育孩子，以及敏感的夫妻关系进行了一番剖析。他说，在地震中丧偶，灾后重组的家庭，夫妻双方原来都有过婚姻，要维系眼前新的家庭，就需要新的纽带，新纽带通常是他们再生育的子女。如果双方都有子女，就类似于双方都有秘密，这个秘密，双方都不愿意挑破，但彼此也都在猜测对方的心理，家庭矛盾就潜伏在表面看似平静和谐的日常生活里。一家人吵架时，常常有一方想逃避，想一走了之，矛盾激烈时，个别的还会产生一死了之的念头。换句话讲，结过婚和没结过婚的，始终在心理上有着一种不平等性：没有结过婚的人他内心有一种优越感；结过婚的人有自卑心理和压抑的心情，他或她之间的思想意识很难保持一致。初婚的希望结过婚的人把过去（那场噩梦）永远抹杀掉；而再婚的人会在新的生活状态里不断唤醒内心的伤痛，但却无处表达，更不愿意别人来提及。

头脑清醒，意志坚强的再婚的羌族汉子贾德春也不例外。他到绵阳参加各类公派会议，用餐的时候，他会非常在意同桌的人来自哪里，如果只有他一个人来自北川，他不会坐这一桌。或者，遇到别人问起他是哪里人，他会含混地说道："绵阳。"如果他不这样做或者不这样说，接下来的情景往往会是这样："你家里人有没有伤亡？"桌上的人会这样问他。人家是出于关心，可在贾德春眼里你是在揭我好不容易才痊愈的伤疤。

还有人可能会说："你们北川好啊，地震后，你们房子变漂亮了，城市建设好了，国家对你们又那么关心……"

要说，这些人说得也没错。

错的是这些人所站的角度。

"北川人的神经都很敏感。"贾德春告诉我们,"在北川,有一千六百多名学生遇难,这是一千多个家庭的伤痛。谁也不愿意用现在的生活方式去衡量过去的生活方式。没错,现在的交通环境比过去好,物质生活方式比过去好,但是这些物质环境不是北川人愿意用家园被毁,更不愿意用失去亲人,丧失配偶和子女的沉重代价来获得的。如果可能,他们情愿住差一点,吃差一点,甚至子女也不是那么孝顺,但他们宁可选择从前的生活。"

可惜"从前"是回不去的。

没错,异地重建的新北川豪华、恢宏,可这豪华和恢宏却不属于那些在老北川县城丧偶失独的平民百姓——这是我们几天来在北川深入调查后得出的答案。这些人的魂魄还在老北川上空游荡,脚步还深陷在塌陷的老北川的废墟里……他们每年要在那个痛不欲生的日子回去一次。不得不回却又不敢不回!他们也知道自己永远回不去了,但又总想回去,回去看看埋在地震废墟下的房子,以及那些房前屋后的树木花草……可越是看越是难受,难受得来几近崩溃:面前这曾经让他们栖息、繁衍了几十年的"巢穴",连同让这巢穴"植根"的土地早已"易名改姓"……易名改姓得来再也不认他们了!

尽管回不去,但总算活下来了,这就比那些在地震中遇难的生命幸运,因为生命毕竟是这个星球上最宝贵的东西,所以宝贵是因为她不具有重复性和再生性,无论这生命高贵还是贫贱,都不可能重来第二次。所以呀,过去的终将过去,新生的必然要新生……

那就让渐行渐远的时间来消弭"终将过去"的过去,以及催生"必然新生"的新生吧!

尴尬的映秀

映秀的藏羌式风情小镇，看起来比2010年刚落成时还要漂亮：街道上多了几十座木质凉亭，偶尔还会看到昂首阔步的根雕"金牛"。渔子溪河边修建了宽敞的长廊，而各式各样的店招牌也算是一道风景。

但相比地震三周年时，映秀更吸引游人的却是环抱的群山。地震时四周的山体被震碎，到处可见成片的裸露山石，犹如身体上的一道道伤疤。早报记者当年曾担心这些裸露的山体经雨水冲刷后会愈发支离破碎，映秀会成为泥石流多发地。然而，五年过去了，多数裸露的山体已经长出了绿色植被，映秀显得郁郁葱葱。

"映秀的自然景观已恢复到震前的99.99%了。"村民胡良兵说。

至此，从住房到大山，（除了地震遗址）映秀的外表已全然没有了"灾区"的痕迹。

早在板房时期，他们就突破了"受灾群众"的标签与束缚，没有"等靠要"，而是抓住了援建者、媒体记者、"过路客"这股人流，开设了一批商店、饭店和旅馆。每当有人抵达映秀，刚下车，就会被一群人围起来，询问你是否要吃饭、住店。

这样的场景，五年后依旧存在。走在映秀街头，不时就会有人笑脸相迎询问"吃饭不""住店不"。

5月5日12时，早报记者在映秀镇"漩口中学地震遗址"斜对面遇到了老熟人：26岁的女子钱雯。地震重建后，她与婆婆在安置房开了一家"婆媳饭店"。刚打完招呼，马路对面就驶来了一辆白色越野车。钱雯抢先迎了上去,她小跑着,挥着手朝越野车大喊"吃饭不"。越野车司机似乎注意到了钱雯,减慢车速,回头看了看她。钱雯加快了脚步,追着车屁股继续高喊"吃饭不"。越野车"迟疑"了约三秒钟,还是加速驶离了,扬起的灰尘,飞进了钱雯尚未合拢的嘴巴。

如今,震后映秀幸存的六千五百余人中,有一千多人外出打工,剩下的四千余人,相当一部分将空闲的房间拿出来,开办了饭店、商店、旅馆等经营性场所。据映秀镇最新统计,映秀在册的个体户已有265户,其中餐饮73户,食品类79户,其他113户。此外,映秀还有67家已在营业,但尚未通过注册的旅店。

映秀在地震前是个工业小镇,靠着电厂、药厂、烟草公司、铝厂等多家公司的单位职工与往返都江堰、汶川的"过路客",撑起了小镇的繁荣。映秀镇镇长刘志宏说:"映秀人之前是很有优越感的。"

汶川地震夺去了映秀5462人的生命,重建后映秀镇的人员构成发生了巨变:映秀除了黄家村、黄家院村与老街村没有在异地重建外,其余村寨人员均集中安置到了映秀;震后因碍于土地等资源限制,震前拉动映秀经济的电厂、药厂等的六千余名职工(连带家属)已不再居住在此。

与北川不同,映秀是在原址上重建的乡镇,不算失地的映秀人,保留着一份对土地的别样"亲近":一些人为了"不浪费土地"将景区内的草坪、花坛里的花苗铲除,种上了小白菜、豆角等绿叶菜;有的人为了拓展空间,靠着别墅的外墙搭起了帐篷;就连镇中心渔子溪河的景观长廊,也有居民围着景观树,在树坑上栽种了小葱。映秀,一个不久前被评为国家5A景区的地震重建镇,景区内的居民区附近竟有1/3的绿化带种上了蔬菜,也算是独有的一道尴尬风景了。

看着这样的"风景",我想起刚才在丁字路口开小超市、开店子的女主人李泽翠去店子街对面的一溜土地上种花卉的情景。而前面那个追着汽车吆喝客人到自家饭店吃饭,成功率不足10%的年轻女人钱雯,则让我想起嘉绒客栈的杨和江。钱雯的成功率不到10%，那么，杨和江呢？想必也好不到哪里去。眼下是仲夏6月中旬，还有十来天就是映秀的旅游旺季了，往年这个时候，映秀便开始有了旺季的迹象，可今年这种迹象似乎看不到。昨晚我在街上溜达，时间还不晚，街上就没有什么人了。镇中心的渔子溪河两岸，只有一两家烧烤店冒着时断时续的烟火。

第二天，我去镇上采访，跟受访对象说起这事。对方跟我说，今年是没往年好，估计再往后也不会好哪去了，原因是地震前的流动消费群体大——地震前映秀电厂、药厂、烟草公司、铝厂等，那个时候厂多，消费群体也相应大；地震后这些厂都搬走了，先前的工业小镇如今成了以旅游消费为主的小镇。如今映秀的常住人口百分之九十几是本地居民，大约有六千多。

受访对象的话，我在采访杨和江时得到了证实。"不如从前了，"杨和江说，"店子刚开张的前两年，生意火得很，现在差多了。"

我在映秀采访了四户震后再生育子女家庭，四户家庭中有一户在乡镇机关工作，其余三户均是在镇上做小生意的人家。口岸好，生意做得相对大的嘉绒客栈都不如从前，其余两家就更差了。

2018年就是"5·12"汶川大地震十周年了，我选择在这个特殊的日子进灾区，采访震后重组家庭的再生育子女，是要通过这些再生育子女家庭的日常生活，折射出经历过大地震的灾区人目前的生活现状。与北川相同，山环水抱的映秀表面上看上去比地震前更美丽更漂亮了，但内里的尴尬，或者说是困惑，却是外界无法知晓和理解的。套用那句通俗的话就是"一个人过得好不好，只有他自己最清楚"。之前，在新北川采访，我从老北川搬迁到新北川居住的受访者那里，深切感受到了他们生存的困惑。让我沮丧的是，美丽的映秀在给我带来风景优美、空气清新的同时，也给我带来了映秀人再也回不到从前的深刻体会。

走笔至此，又想起地震之后，不少人挂在嘴边的一句话：一场地震，让这个地方跃进了二十年。真的跃进了吗？跃进二十年，对于外人来说是他们眼见的一个事实，但对于生活在这里的人来说，只不过是一个表象，一种虚幻现象。"透过表象看本质"，这话说起来容易，但要做到恐怕得下一番功夫。在此，我希望说这句话的人好好下一番功夫，花一番力气走近映秀，走近汶川，走近大地震后重建的灾区，看看这些地方的山水，更看看这些长年累月生活在这些地方的人民。

外篇二 "所见略同"的家长

比再生育更难的是再教育

> 我困惑的是对再生育孩子的教育没有更多的办法。我希望有相关的机构来做这件事。
>
> ——北川·陆世华

"对于灾区再生育子女的再教育这一块，我一直在探讨。"陆世华的声音略显低沉，"一直探讨，可又总是茫然。"去年，他跟一些民间组织打交道后，也跟他们一起进行探讨。有个叫"中国星"的志愿者团队，是做关于再生育子女再教育问题的团队，他希望这个团队能够把灾区再生育子女的再教育这一块作为重点来做。现在的孩子，多数都由爷爷辈在管。农村外出大量打工人员，留守孩子交爷爷奶奶或外公外婆管的情况特别突出，隔代教育存在着明显缺陷。他邀请过"中国星"，希望他们通过大学生夏令营活动，以此带动和培养灾区再生育孩子良好的生活习惯，良好的学习态度，但没有落实。陆世华说，有了好的生活习惯，才会有好的学习习惯。你想啊，如果孩子在家时时刻刻都要爷爷奶奶照顾，要父母保护，那么他到了学校，不可能有自觉学习的习惯，只会在老师的督促下学习。

"好的生活习惯带来好的学习习惯。"我看着陆世华，"你这话说得好！"

"这是陆芳她妈难产去世后，我既当爸又当妈的切身感受。"陆世华说。培养和养成再生育孩子的这两个好习惯，是一件当务之急的事情，可对于他们这些在年龄上是爷爷，实际上却是孩子父母的家长来说，一是没时间，得挣钱养家，一是自身的知识结构欠缺，所以需要并希望有这么一个机构来做这件事。"中国星"志愿团队没落实成，陆世华又跟绵阳的"海棠"助学机构联系，这个"海棠"助学机构在女儿陆芳中考上绵阳中学线后跟他有过接触。其中一个叫李红的老师，也在继续同"中国星"联系。李红向陆世华承诺："中国星"今年如果再搞夏令营活动，他将力求办成这件事。但陆世华说不抱什么希望。原因是几次跟"中国星"电话联系后，从他们的态度上他感觉到对方对这件事不感兴趣。他们说过，到目前为止中国还没有哪家企业愿意专门做再生育子女教育这一块。陆世华推测说还是这一块没有什么经济效益的原因吧？说到这里，他叹了口气。

我也跟着叹了口气。

陆世华看我一眼，然后，换了一个角度："现在到处都在说中国梦，在我看来，中国梦就是家庭梦，个人梦，只有每一个老百姓都有了梦，中国梦才有内容，才不算空洞，不知道我这样理解对不对头？"他停顿一下，"我的梦就是北川这些地震后再生孩子的再教育，除了学校课堂，还必须得有一个相关的社会机构，比如'中国星'或准'中国星'这样的机构来关心、关怀和关注他们。只有这些震后孩子的成长得到社会关注了（教育的关注最具代表性），孩子们的父母和家庭，以及相关的亲人，才可能真正彻底走出地震的阴影，才算开始了全新的生活。"

面前这个说自己跟不上这个快节奏时代的趟，与现在的儿女属于爷孙辈一代，既不满教育现实的不公，又对现实教育怀有期待，几经大难而不屈的中年汉子，让我不由得生出几分敬意。

我们的话题再次围绕着子女教育展开。我跟他说，前几天在手机微信上看到一个视频，南京一个叫龚新轲的四岁孩子，模仿上海的周立波讲的一段关于家庭教育的清口相声，其中几句很有意思，说是几个月大，家长就给孩子报蒙氏班，二三岁时，家长又给孩子报少年宫，到了12岁就给报重点班，这种相互攀比的模式，无非是想让自家孩子将来有出息有作为，结果却往往不如人意。

"有句话叫'不能让孩子输在起跑线上'——可这起跑线从一开始就划得不公平哪！农村孩子与城市孩子也没得比。"陆世华摆摆脑袋，"可悲剧就在这里：明知道不能比却偏偏还要去比去拼哪，可这能怪老百姓吗？"说到这些，陆世华有些愤愤然了，"气归气说归说，但该做的还得去做，不做就更没希望！我这样做可不只是为自家孩子着想，而是为广大的灾区再生育孩子考虑哇！你看啊，灾后再生育的孩子，他们的父母因为失去了土地——老北川的房子确权后（用作修建地震博物馆），年龄偏大导致打工难，生存就够艰辛了，加上抚养教育孩子方面的心有余而力不足，怎么说呢，就是比地震前的日子艰难喽。"

"说实在的，如果只是从个人角度考虑，我用不着一次次去找'中国星'这样的志愿者团队。在北川，再生育家庭有上千家，这上千户家庭面临了地震后房屋重建的失地的尴尬，他们普遍年岁大，没有专业技术，就业难、负担重，生存空间狭窄，个别再生育家庭的家长地震后身体、身心没恢复好，甚至生下病孩。喏，给你看封求助信吧。"陆世华停了讲述，将手机递给我，"这是2016年秋天，北川'5·12'校难部分家长写给社会各界的求助信。"

尊敬的社会各民间组织、社会团体，各爱心人士：

我们是北川县"5·12"地震遇难学生再生育家庭，"5·12"汶川大地震让我们失去了自己的子女。现在，我们再生育的孩子已经陆续上学，但面临诸多特殊的困难，我们无力解决。现特面向社会求助！这些具体困难是：一、在政府的鼓励下再生育，许多家长身心没有完全康复，加之都是些高龄产妇，有些孩子不健康（听力，视力，脑瘫），病孩成为家庭困难原因之一。求助相关组织给予康复指导。二、已经陆续上学的孩子，父母许多都在五旬左右，劳动赡养能力下降，因而产生收入不高，照顾不好，教育不足，代沟等问题，求助各位给予指导。三（略）；四（略）……

北川"5·12"校难部分家长敬上

再有，就是这些家长的父母，也就是孩子们的爷爷奶奶、外公外婆，年岁通常在七、八十岁上下，这些上有老，下有小，三代人捆绑在一起过日子的窘况和内心的悲苦，是那些来北川观光旅游的外界人看不到和无法理解的，他们会说，国家和社会各界对你们援助了那么多的钱，修建了这么漂亮的房屋，你们还会过得不好？！同为北川受灾群众和灾后再生育家庭家长的一员，陆世华说自己不可能对这些在大地震中就已经失去了太多，也耽误了太多的家庭的现状视而不见！唉，地震过去快十年了，这些丧偶失独的家庭还在承受着地震遗留下来的"双重后遗症"——物质的欠缺和教育资源的贫乏。

"地震的双重后遗症！"陆世华这句话像一枚子弹准确地把我给击中了，我明显感受得到左胸口那儿在哭泣，在流血……

闪亮学校校长

"让自信成为一种习惯!"

——什邡·罗文松

办闪亮学校的初衷是罗汉寺方丈素全法师给罗文松的建议,念头却起源于罗文松与龙沙沙代表108名罗汉娃家长,在庆祝罗汉娃生日活动的登台讲话。别看罗文松办过服装厂,当着五十多个工人的头儿,可他却不喜欢也不善于在大的公共场合讲话。服装厂关了以后,罗文松觉得,自己没事情可做了,就想回到老本行,还做餐饮吧。他这样想的时候,罗汉娃生日的庆祝活动快要到了,罗汉娃的生日庆祝活动,免不了娃娃要上台表演,可根据他掌握的情况,这108个娃娃好像没有几个有突出的才艺呀。别说娃娃些了,连罗文松自己上台都怯场。那天,他站在龙沙沙身后,悄悄跟龙沙沙说,干脆你就把我要讲的都一块讲了算了。那天的感谢会让罗文松感慨很深,作为罗汉娃的家长都出不得众,身在县城的罗汉娃今后又怎么在社会上同各类人打交道。

不比罗文松对罗汉娃了解少的素全师父,同他闲聊时跟他说:"罗文松,你好好地把这些娃娃培养一下。呃,在你能力许可范围内,给他们提供一个平台吧。"素全师傅所说的平台是办一所学校,场地让罗文松先在外面租,等罗汉寺这边场地建好了,搬过来就可以了。

素全师傅提议之后，罗文松在罗汉娃家长群里，多次给大家提起过办学校的事，但没有什么响应。"每个家庭各有不同，家长们也有各自不同的想法，没什么响应也很正常。"罗文松说，"一般来讲，一件事只有办成了，办出了效果才会得到响应。"罗文松不再期待家长们的响应，他开始着手办学校的准备工作。三个月后，学校办起来了。取个什么校名呢？他再次向素全师傅请教。

"呃，就叫闪亮学校，行吗？"素全说，"闪亮，有两层意思，一是透出亮光，一是发出亮光。这些孩子通过学校的培训，开掘自身潜力，展示各自才华，进而树立起信心和增长才干。"

"好，那就叫闪亮！"罗文松说。由于缺乏锻炼，这些罗汉娃每年过生日的时候，上台表演都显得胆怯。"要承认，什邡跟周边的大城市比，确实存在落后的地方。我们希望这些在地震中诞生的娃娃，今后能有出息，在社会上能够立足。"罗文松感慨地说，"素全师父说得好，一个人来到世界上，是需要和人交流的，演讲是交流的一种工具。"

罗文松告诉我们，学校第一次开课时，只有七个孩子，都是罗汉娃。如今已发展到360人，生源也从当初的什邡城区扩展到周边的马祖、云西、灵杰、洛水、双盛等地。"学校开办于2013年7月，素全法师给报名参加培训的孩子每年交200元培训费，持续了三年。"罗文松特别指出，"如今学生多了，班级按年龄段划分，从小到大分成一年级、二年级、三年级和四年级。为保证培训质量，学校请来了专业课老师，采取小班教学，每个班十五名。"罗文松告诉我们，学校从2016年才开始盈利。办校的宗旨是为了发掘孩子的艺术潜能，没有过多考虑盈利。

"对呀，立足什邡，面向全省。"罗文松看我一眼，"前几天，学校选拔了一批学生，大约五十名，报名参加省视协（四川电视协会的简称）组织的普通话考级，考完后就知道成绩了。"

"噢，好哇！等着你们的好消息。"我说。

大约一个星期后，罗文松用微信，给我发来了《热烈祝贺2017年青少年播音主持艺术考级什邡考点取得圆满成功》的消息。消息说：本次考级闪亮学校共49人参加，其中6人成绩优秀，考级通过率为99%！其中有六名同学字音标准、感情丰富，获得了90分以上的优异成绩（90分以上可作为省视协艺术团备选人员）。

看到这条微信后，我当即回复罗文松：恭喜你投资的闪亮学校在培训方面获得的成功！恭喜考级的孩子们取得的优异成绩！

此前，2015年初夏，由什邡妇女联合会、什邡政府妇女儿童工委办主办，什邡文化馆闪亮主持培训中心承办的2015年全国语言艺术大赛什邡赛区初赛于5月24日在闪亮主持培训中心举行。比赛分儿童组和幼儿组，近100名选手参加了比赛。比赛评选出16名个人（组合）参加复赛，闪亮学校学生15名，占全市参赛小学生的93.75%。最终4名学生进京参赛。刘梅的儿子邹佳贝"在2015年中国艺术人才年度推荐活动中，荣获雏鹰之声第十三届少年儿童广播故事大赛儿童组金奖"。

罗文松在微信里给我留了语音：为了让省视协的派老师来什邡对报考学生进行考试，他们一而再再而三地找人家，整个就一"磨"！磨的撒手锏便是：孩子们小，带他们来成都考级（省视协规定：学生考级人数须达到100人以上才派老师到当地进行考试）不方便，也不安全，请务必考虑派老师前往学校进行考试。终于磨得那边答应了下来。这还不算，罗文松有些得意，省视协答应，从2017年开始，考虑在什邡这边为他们设考级考点。

"你可真行啊。"我说。然后在表情符号里找到竖大拇指图，连续点了三个发过去。

罗文松当即回过来三个抱拳的表情符号。

筹办了闪亮学校并大获成功的罗文松，欣喜之余，又发来一条微信：满满的正能量！！！

记得前后两次采访，罗文松多次给我讲到正能量。略为思忖后，我在微信中给他发过去几句话：闪亮学校是你最大的正能量，也是你的中国梦，是什邡罗汉娃的成长梦，灾后少儿成长家庭的中国梦——通过普通学校与才艺学校的培养，使之成为全面发展的人才。

对对！罗汉娃的中国梦，灾后少儿成长家庭的中国梦！罗文松说。

之后，话题再次回到当年的罗汉娃。他说当初这108名在罗汉寺诞生的孩子家庭，住县城的不多，很多住在乡下，能够来什邡来罗汉寺出生，真的是一种缘分哪，并且是与佛有缘。

罗文松的话将我的思绪拉回到一个星期前，在罗汉寺里采访他和另外两家罗汉娃家庭的情景。

那天，采访完罗文松几个，从罗汉寺出来，已是傍晚时分。刚才还晴空万里的天空突然下起雨来，雨很大，很猛，几分钟时间，寺庙门口的树枝上就挂满了水珠，门口公路的低洼处就积下了水凼。当然，没带雨具的我们也被浇了个湿漉漉水淋淋！正低头打量着自家尴尬时，嚯？雨却停了。来时毫无征兆，去时戛然而止，这，便是仲夏六月的雨，酣畅而淋漓，痛快而宣泄！

好一个仲夏节的雨！仲夏节在今天已然成为一个预祝五谷丰登的节日。蓦地，眼前这仲夏节突然而至的雨让我想到了另一场雨，那场从唐朝下到现在下了一千多年的"知时节"的春雨！这雨当然不是促使诗人杜甫写出春夜雨景诗句的春雨，但两场季节不同，时空相隔遥远的雨却有着某种神秘的联系。是什么呢？噢对了，同样"知时节"，同样"乃发生"！你看啊，这夏雨降临前不是感觉酷热吗，因为酷热需要清凉，这急时赶来为之消夏解暑的雨便是"知时节"。酷热中的众生需要清凉得到了清凉，这就是"乃发生"啊。

这话听着怎么那么耳熟？噢，想起来了。素全，这个年届天命的什邡罗汉寺住持，当着"5·12"大难降临，破除寺庙忌讳，率领罗汉寺众僧，毅然出手相救危难中的108名临盆母亲时，引用杜甫这首诗来解读之所以要这样做的缘由。

春天催生万物，"知时节"的春雨当春发生，天地一派生机，万物欣欣向荣。比较之下，来得匆忙去得迅疾的夏雨略逊了一筹。但在为世间众生，不不，是为世间万物消暑退凉（解渴）方面却也起到了少不得离不了的作用。由此我想到刚刚采访过的龙沙沙，还有肖世勇，还有罗文松。

如果罗汉寺住持素全法师之于108名罗汉娃是一场知时节的春雨，那么，罗汉娃之一的父母罗文松之于罗汉娃，以及什邡周边的孩子们，所开办的闪亮学校也算得上是一场夏雨。可不是吗，他所创办闪亮学校的初衷，就是为了让生于大难中的罗汉娃们通过培训增强演讲能力和自信能力。他在受访时对我反复说的一句"让自信成为一种习惯"，说得多好！

自信；自强；自立；是组成一个大写的人的基本笔画。强者如此，弱小者更亦如此。有句话怎么说的？噢——男儿当自强！话语中的男儿不仅指男性公民，也包括世界上所有的饮食男女，自然也包括震后的少儿——人间的小太阳。祈愿这些在大难中降临人世的父母心中的小太阳，在阳光雨露的滋润下，茁壮成长……